Gaea

GAEA

超殘虐愛神

1

林明亞——著

超殘虐愛神 1

目錄

本故事發生於與現實世界極度相似的架空世界，劇情純屬虛構，如有雷同實屬巧合。

第1.1章
楊家姊姊

「愛是恆久忍耐，又有恩慈，愛是不嫉妒，愛是不自誇不張狂，不做害羞的事，不求自己的益處，不輕易發怒，不計算人家的惡，不喜歡不義只喜歡眞理……」一首歌唱到了一半，樂芙突然揮揮手，溫柔地笑了笑，「大家好，我的名字叫樂芙，沒錯，以愛爲名的我，正是一名人見人愛的愛神是也。」

此地是同人場，擠滿著宅男宅女，可以說是一年兩度動漫圈最重要的盛會之一。

如果手中有一本場刊，就能夠知道偌大的體育館園區被主辦單位分割成三個部分，第一個部分是舞台區，台上的聲優獲邀與台灣的粉絲見面，熱情地透過麥克風展現歌喉，台下的支持者不斷低吼著「我好興奮啊」，圍了一層又一層，層層聲浪快要蓋過四周喇叭的音量。

第二個部分是體育館外的綠地，這裡是由角色扮演者與攝影師所組成的，各式各樣的動漫角色像是擺脫了二次元的桎梏，穿越出現在三次元的塵世，什麼魯夫、漩渦鳴人、哈利波特、亞拉岡、浩克、上杉風太郎、野比大雄……一眼望去，只要願意認眞找，基本上可以找到任何耳熟能詳的角色，而攝影師的存在就是要將所有角色扮演者的用心記錄下來。

第三個部分，是在體育館內，位於舞台區的另一邊，給創作者擺攤的銷售區，對他們而言，這可是重中之中的區域，半年的心血結晶將會製成成品羅列在消費者面前，歌曲燒成光碟，故事寫成小說，畫作印成繪本，相片做成寫眞集，無論原創或二創，都能在這方天地間找到同好，以及繼續創作的維生經費。

攤位編號T42，愛神坐在攤位後的塑膠椅……

整個時間與空間全凝滯了。

除了樂芙。

她今天cos的角色是碧藍航線的愛宕，而且是比基尼的版本，兩件式的白色泳裝包覆著曼妙的身材，除了身高不足之外，算是完美還原了角色的前凸後翹，一眼看去，她戴著及腰的黑長直假髮，之上還戴著一對黑色獸耳，雙腿中間夾著一把收起的傘，活生生的動漫人物就這樣硬生生地搬到攤位做起生意。

樂芙對自己的作品很有自信，自信到能報名同人場販售寫眞集……

「沒錯！」她突然開口，信誓旦旦地說：「你們不要再看這種又長又沉悶的無聊故事了，趕緊，來買我的本子吧。」

不願浪費時間做多餘的寒暄，開始自顧自地推銷了起來。

沒有路過的客人會覺得這段話很怪，因爲這裡成千上萬的人全數固定不動，像是失去動力的機器人，維持著幾秒鐘前的姿態，匯聚了濃縮的人生百態。

「喂喂喂，別看其他地方，請注意我這。」樂芙朝著閱讀這篇故事的讀者，無恥地推銷起來，一邊翻開自己的寫眞集、一邊說：「裡面要多香有多香，快點買一本回去，如果不能到現場，我的網拍也有販售，網址請掃我桌上這塊板子的QR碼。」

她一愣，彷彿猜到了什麼，親切的臉蛋立刻鼓起雙頰。

「什麼叫無恥啊？我在塵世自給自足這麼長的時間，又有哪個神明辦得到？」

「現在就給我說清楚！」

「拜託，我可是愛神、是傳說中的月老……什麼？月老應該是老公公形象？欸這是什麼時代了，不要再有性別的刻板印象好嗎？像我這樣花樣年華的十八歲少女一樣能將象徵愛情的紅線綁好綁滿，更何況在最受歡迎的神明當中，我可是僅次財神，高高排在第二名喔。」

樂芙小心呵護地將自己的寫眞集放進紙袋裡頭，打算待會賣給站在攤位前的宅男。

沒有浪費時間，趁這段停滯，她連忙用閃亮亮的簽字筆在小卡片上頭寫幾句俏皮的祝福小語……

「你們說要聽故事，但愛神的工作表面上充滿粉紅色泡泡，看似很快活的樣子，實際呢？只要戳破泡泡，噴出的全是辛酸血淚，哪有心情說什麼故事……唉，愛神好難，你們不清楚我的工作程序，所以不清楚到底有多難。」

正在低頭寫字的她說到一半，用握筆的手抹了抹眼睛。

「是這樣子的，所有的神明都有一個共同的上司，是一道非常非常巨大的門，我們都稱其爲天庭……很難想像吧，沒關係，沒親眼見過是很難體驗到那種君臨天下的威壓感，總之，天庭這一扇巨型門扉的最底部，有一排小門，稱之爲副門，各自還有各自的專有名號，比方說管理愛神的『相思門』，不過我是都叫它臭王八門啦，你們可以參考看看。」

樂芙說完一段話，手沒有停止，繼續畫一個自己的Q版形象。

「我們這些可憐的愛神，有所謂的業績壓力，必須在特定的時間內湊成一定數目的配偶，這世間的男男女女，是可愛、可敬的，能促成一段又一段的姻緣是快樂的事，然而，當有了業績壓力，再快樂也變得不快樂，不管多好吃的美食，一旦規定了用餐時間，是不是也變得沒那麼可口呢？」

她的語氣苦得與形象不合。

「更何況這年頭的人，外遇、背叛、小三……花招有夠多，根據我的統計，跟三十年前相比，平均每段姻緣破裂的機率高了百分之二十三點七，這除了表示愛神無能之外，也表示愛神的牽線難度整個抬高，假設人終究會找到一位相守到白頭的伴侶，以前可能是換過兩個對象就能尋得眞愛，如今卻要換過七、八個，搞得我們的紅線得斷個七、八次，這對業績傷害好大，嗚……」

樂芙悲鳴一聲，旋即振作起來。

「算了，這要抱怨下去我能講個三天三夜，我只是希望你們知道，這年頭已經沒有愛神蹲點在月老廟了，都嘛是主動出擊，找到能夠撮合的男女……像我，這般盡責的愛神，就選擇同人圈爲經營的領域，我當然不會承認是因爲這裡活動的人年齡層低感情比較不穩定所以不會有別的愛神來競爭的關係……嗚嗚嗚嗚……」

她的振作並沒有太久。

「所以外傳說我是冥婚業者、情侶末日、超殘虐愛神、結婚證書專用碎紙機、婚姻咒殺者、相思門的死神……一大堆巴啦巴啦的，眞的眞的眞的超級過分欸，還有，他們也笑我是宅女，殊不知我看那些漫畫、小說、電影完全是爲了公事，讓我更瞭解現代人的愛情觀，進行業務時更貼近人心。」

樂芙一面抱怨、一面畫好了小卡片，畫功雖不佳，但勝在用心，不大的卡面塞滿了字與圖，無論是誰收到都會感受到誠意。

她橫了閱讀這篇故事的讀者一眼，傳遞出「不要吵，現在是營業時間」的訊息，現場的時間又再度流動起來，震耳欲聾的歌聲從體育館另一邊傳來，附近的人聲再度鼎沸，攤位左右兩側的同行，一個正在用手機與粉絲合照，有說有笑、一個趁機會補一下自己的妝，要客人稍等片刻。

滿心期待地捧著小卡片，殷切望向攤位前的宅男，樂芙喜孜孜的。

「抱歉，請給我雷姆本，海報我也要。」

「好的。」

「請問可以拍照嗎？」

「沒問題喔。」

樂芙眼睜睜地看著宅男從皮包掏出鈔票，交給隔壁攤扮雷姆的妹子，兩人的臉靠得好近，一同擠進自拍鏡頭中。

沒錯，人家僅僅是路過罷了。

咬著下唇的貝齒在輕顫，她委屈地低下頭，整個體育館的時間隨著這個動作再度停擺……

「是啦、是啦，隔壁的小妹就是比我正，裝扮也比我還原，粉絲團的按讚數還破二十萬，這種等級的攤不到牆邊去，跟我這種小角色一起擠在這邊幹嘛，大會在安排位子的時候到底有沒有搞清楚，是不是在欺負人家啊……嗚嗚嗚……」她趴在桌面上啜泣幾聲，「大家就只會欺負我，相思門以及其他愛神聯合起來欺負我，大會以及其他coser也聯合起來欺負我……我就爛，不管是愛神還是coser都最爛。」

顯然閱讀這篇故事的讀者並不是很在乎樂芙的自怨自艾。

在擔任愛神的漫長歲月中，遭受過無數次打擊的她很快就恢復了……大概是已經習以爲常的關係。

「……你們是想知道我怎麼工作吧？」

樂芙坐挺身子，揉揉泛紅的眼眶，莫名其妙地堅強起來了。

「前陣子，我有讀過一本輕小說，名稱很長，叫作『跟女神合照的我就註定要戀愛了啊』，劇情就是講述一名宅男，費盡千辛萬苦，徹夜排隊，終於與心儀女神見面的故事，原本以爲這段緣分會在合照完結束，沒想到宅男將合照貼上自己的社群網站，系統的ＡＩ自動辨別標註了女神的私人帳號，兩人就這樣在線上聊了起來，產生一段全新的戀情……欸，是不是很棒？」

她掃除陰霾的速度比用戴森的吸塵器還快。

「看他們合照的模樣，有沒有感覺到……這微妙的眼神中……似乎、似乎蘊藏著什麼？」

「有吧？看這位宅男笑得合不攏嘴的模樣，再看看這位可愛妹子的眉眼之間，那含苞待放的情感、那含蓄靦腆的微笑，一定也對自己的粉絲抱持著好感，身爲一名兢兢業業的愛神，我有非常強烈的預感！」

樂芙激動了起來，心念一轉，直接從塵世跨回神的世界。

原地。

是一模一樣的空間。

同樣的人潮、同樣的男女、同樣的攤位……

不同的是樂芙，不再是不起眼的coser，而是一名貨眞價實的愛神，周身滿布黏膩的粉紅色光芒，如同融化中的草莓冰淇淋。

「喂，你們！」

她的雙掌合併，再分開時，已經從掌心中拉出一條若有似無的紅線。

「吃我的十年修得同人場，百年修得共枕眠啦！」

說完之後，模仿起魔法少女的標準動作，雙手比出了一個大大的愛心。

細長的紅線，繫上了兩端。

第1.3章

楊家姊姊

「妳、妳妳妳……到底是幹了什麼好事？」

一名長髮及腰少女，雙手抱著頭吶喊，落魄的裝扮，慘白的臉色，要不是渾身遭到灰色光流包覆，根本看不出來她是能控制厄運的窮神。

樂芙挖挖自己的耳朵，像什麼都沒聽到。

「紅線蘊藏著多大的力量，妳居然就這樣隨隨便便綁在這對男女身上……城隍呢？快點來呀，這有個嚴重干涉塵世的混蛋愛神，快抓去是非門前好好審問一番。」

窮神還是不能接受這樣的神明存在。

「菜菜，要比闖禍的能力……妳可是不亞於我呢。」樂芙笑了笑。

「……」

「是吧？」

「唔……」坐在輪椅上的窮神心虛地縮了身子。

「要是城隍真的來了，誰先被塞進龍蝦、做成海鮮拼盤可不一定喔。」

樂芙不懷好意地語帶嘲諷，確認可憐的窮神不會去打小報告之後，稍稍地偏過頭，笑咪咪地迎向讀者，同時時間也跟著凍結……

「這位頭髮長長、衣服素素、臉蛋白白的妹子，正是人見人怕的窮神，她有個可愛的名字叫千屈菜，或是叫小菜、菜菜都沒問題，她呀，可以說是跟我感情最好的閨密，我們兩個之間沒有祕密，常常分享心底的悄悄話，不過，每次見到她懦弱的樣子，總會忍不住想捉弄一下，嘿嘿嘿。」

她回過頭，時間再動，對小菜嚴肅地說：「這是我們的共犯證明。」

「唉……」小菜苦著臉道：「身爲神明真的不能這樣亂來，我過去犯的錯是無心之過，而妳完全是蓄意的。」

「我跟妳說，神明這種工作，其實跟藝術家很像，分成兩種類型，一種是經過長時間的鑽研與實踐、一種是靠一閃而過根本毫無道理的靈感，妳跟阿爺都是屬於第一種。」

「……不要跟我說妳是屬於第二種的天才類。」

「不對，我是屬於第一種跟第二種都運用自如的超天才愛神。」

「是超愚笨愛神吧……」

「安啦，不知道多少小說與戲劇證明偶像與粉絲之間是能修成正果的。」

「這正是我最不安的地方……」

「不然這樣吧，帶妳去參觀我整整經營一年之久的案子。」樂芙突然壓低聲量說：「反正剛好也有一群人想看……」

「什麼？」小菜沒聽清楚。

「妳跟阿爺常常說在結緣之前要先調查清楚，而且是深入調查。」

「是啊。」

「那我剛剛展現了第二種靈光一閃型。」樂芙自信地平抬起右手，宛若邀請公主跳舞的王子，「現在我要展現第一種深入調查型的作業模式了。」

「……」小菜一點都不想將手搭上去。

「所有的神明都瞧不起我，編了這麼多難聽的外號來取笑我，雖然表面上裝作毫不在意，實際上我也是會受傷的。」樂芙沒有降下手，依舊懸在空中等待，「所以我一直在努力，一定要辦成一件無懈可擊、完美無比的案子，讓過去輕視我的神明明白，我是貨眞價實的愛神，是湊成許多良緣的月老。」

「妳……」小菜是第一次聽見這位脫線愛神這麼認眞。

眾所皆知，樂芙已經算是惡名昭彰的神明，而且她的惡，跟被稱爲超惡意財神的惡不一樣，阿爺的惡是習慣性的試探人性，而她的惡是「不自覺」，宛若根本不懂擁有的神權有多大的影響力，俗話說好人做壞事，才是令人絕望的恐怖，況且是好的神、是眞心想帶來幸福的愛神。

小菜很清楚自己與樂芙都是所謂吊車尾的角色，終日爲業績所苦，但一樣是無能的神明，窮神無能對人而言未必是壞事，至於愛神那可是完全不同狀況，隨隨便便毀掉的都是人生，兩個人的人生，甚至是兩個家庭的人生。

「神的世界中，就妳跟我最好……如果要改變其他神對我的看法，妳一定要是第一個。」樂芙的手還在堅持。

「請不要這麼看重我好嗎……」小菜的頭好痛。

「相信我，這次我給的，必定是最純粹的眞愛。」

「唉。」

「菜菜。」

「好啦、好啦。」小菜才剛搭上樂芙的手，就已經開始後悔了。

好好的窮神不做，幹嘛去管愛神的事呢？

可惜，來不及了。

當她們從神的世界跨進去塵世，身上象徵窮神的灰芒與愛神的粉光都消失了，擁有的不過是與人相同的血肉之軀，再無任何奇特之處。

小茱睜大眼感受著這間屋子，耳朵能聽見不絕的蟲鳴鳥叫，彷彿置身於山野叢林中，鼻子聞到的是油腥、木炭、鐵鏽、黴臭混合在一塊的古怪味道，幸好，時不時吹進一陣山風，將逐漸積蓄的味道沖散，保持著人類能夠最低限度生存的環境，而骨碌的眼睛一掃……

「這不是恆森禁錮雞哥的……」

「沒錯，我看這的環境清幽，空間又大，還有一台堪用的發電機，所以我靈機一動，乾脆將其改造成我的閨房了！」

「妳的靈機眞的不要再亂動了啦。」

「別說這麼多了，現在是上學時間，快快快，我推妳一起去。」

「現在晚上六點，到底要上什麼學？」

樂芙完全沒聽見小茱的質疑，逕自脫掉身上的衣物，打開可以稱之爲龐大的衣櫃，找到一套高中制服，敏捷地穿了起來，迅速地將自己的身分換成學生。

小茱忽然懂了，之前樂芙不是說說而已，是眞的有個案子已經深入研究很久，久到有了一個人類身分埋藏在結緣對象身邊。

她不禁開始好奇起來，是怎樣的人、是怎樣的姻緣能夠讓這位恣意妄爲的愛神願意認眞地做功課？

「出、發、啦！」樂芙握住輪椅後方的一對手推把，不管三七二十一，奮力地往前衝。

馬不停蹄。

穿回神的世界。

再穿進塵世。

已經來到某所高中的陰暗走廊。

這個區域的燈沒開，是因爲不需要開，夜間部的班級並不像日間部招收那麼多學生，整個校園至少有三分之二的教室漆黑一片。

「上、課、啦！」顯然樂芙的腳步沒有停止，繼續往有光亮的方向衝去。

途中經過了樓梯。

這台根本不用遵守交通規則的輪椅，被迫硬生生地撇向一邊，可憐的小茱差點翻車。

迎面而來，差點被撞到的女性，破口大罵，毫不留情。

「喂，妳衝得這麼快，是不是要趕著去死？」

「嘿嘿嘿，抱歉啦。」

樂芙搔搔頭，展示俗語伸手不打笑臉人的實際運用，而對方也眞的從一開始的怒容緩和爲略帶無奈的神情。

小茱察覺到不對勁，仔細觀察了這位險些被輪椅撞傷的女性，第一眼看上去，並不是太獨特；第二眼，金色與咖啡色的漸層短髮，眉眼間沒有任何屬於女孩子的嬌弱，天不怕地不怕的，散發一股英氣；第三眼，不知不覺被她肌膚上的刺青吸引，那些是數個沒辦法在短時間內判斷出意義的紋與圖；最後，緩緩地閉上眼睛，她只覺得心裡隱隱生疼，這位女性，無比鋒利。

「這是我朋友，今晚來旁聽的。」

「關老娘什麼事？」

對方扭頭就走，沒再多看同學以及未來可能的同學一眼。

被嗆了一頓的樂芙不以爲意，靜靜地看著逐漸走遠的同學，慢慢地低下頭，把嘴湊到小茱的耳邊……

「必安，這是她的名字喔。」

小茱能聽見樂芙的語氣中，那股無法抑止的亢奮。

□

夜店。

是有點神祕的地方，尤其是對這位剛滿二十歲的年輕人來說。

這裡的深夜逗留資格是十八歲，他拖到二十歲生日當天才第一次走進朋友之間傳聞「眞的很好玩」的場所，其實已經被嘲笑過好幾次，如今，總算來了，他沒有像個楞頭青一樣看到妹子就去蹭，也沒有刻意裝作自己不愛甚至有點瞧不起的模樣，僅僅是悠悠哉哉地握著酒杯，身體跟著重低音電子音樂律動，享受著不曾體會過的現場氣氛。

他不懂，他就不會刻意裝懂，反正跟著朋友們就對了。

所謂的朋友，其實就是重考班的同學。

所謂的重考班，就是給高中畢業但是沒考上理想大學的學生一次重讀高三的機會，不過他已經重考第二次了。

當自己的人生都用來讀書，沒享樂過、沒交過女友，結果還是接連報了兩次重考班，這才是被嘲笑的原因。

被自己嘲笑。

沒過多久，出外交涉的同學總算是帶著三位女孩回來包廂，一時之間，本來尷尬的氣氛開始活躍，女孩的清脆笑聲比任何輕快的舞曲更有振奮人心的效果。

恰好三男三女，巧得像是神明用心的安排。

刻意保持這種冷調的藍光，讓這個包廂像是低溫的深海，持續一閃一閃的特效燈光，如同泡在水底往上看的波光粼粼。他覺得自己像是海葵，活著，但是沒辦法移動，固定在一種自然而然的姿勢，而剛剛進來的女孩們，繽紛得像是小丑魚，這一片藍，無法限制她們身上的顏色，反而強調了她們是更獨特的存在。

「我們都是公誠大學的學生啦，我是大昆，這位是阿廣，這位是必穩。」

聽到了自己的名字，覺得自己像是海葵的必穩，微微笑著點頭示意。

大家依序而坐，桌上的酒瓶越排越多，男生出酒錢是不成文的規定，而且還出得格外的愉悅，這筆錢越貴代表女生喝得越醉。

大昆高舉著酒瓶，在半空中晃了晃，閃耀著提升氣氛熱度的光芒，他拉高音調鄭重地宣布道：「今天是我們的好兄弟必穩的二十歲生日，大家嗨到爽爲止，全部由我來買單！」

這招有用，氣氛直接熱絡了起來。

大家紛紛向必穩道賀，他一一地回禮，但手中的酒仍剩大半。

「別看我們必穩一臉呆傻，他可是第一名門高中國建中學畢業，最高分考進我們系。」大昆得意地眨眨眼睛，像是送出一記漂亮的助攻。

不覺得自己能因此得分，必穩只是微微地苦笑。

倒是有個嬌小的女孩很配合地說：「太厲害了吧！」

「考上好的高中一點都不厲害，真正厲害的是畢業之後……」必穩的笑更苦了。

「我想聽。」女孩雙手捧著一杯調酒，挪動屁股換了一個能聽得更清楚的位子。

簡單的幾句閒聊，必穩知道女孩的名字叫燦燦，真是個燦爛的外號，如同她燦爛的笑顏，他完全沒察覺到在夜店哄然的電音中，男女交頭接耳談讀書策略是一件多怪的事。

她聽得興致勃勃，手上的調酒早就喝完了，桌面上的空酒瓶也多了幾罐，一對臉頰浮上了紅暈，分明已經醉了，卻保持著認真的表情，獨特可愛的模樣，似乎直接進入了必穩的好球帶。

必穩才剛剛跟燦燦說完一些三角不等式相關的小訣竅，抬起頭，才赫然發現，包廂裡頭只剩下兩個人，大昆跟阿廣各自帶著女孩不知道跑到哪裡去了。

「他們人呢？」

「大概、大概是跑去躲起來玩了吧……呵呵。」燦燦說著說著就笑了。

「夜店還有什麼其他地方好玩嗎？」必穩狐疑，順勢喝完了手中的啤酒。

「嗯……應該是有吧？」

「能不能舉例？」

「舉例嗎？」燦燦的雙眼突然瞇了起來，像是在判斷眼前的男生，是眞的不懂還是在裝傻。

「我是第一次來。」必穩沒有裝成老手的慾望。

「你喝醉了嗎？」

「好像有一點，整張臉變得好燙……這感覺滿怪的。」

「你覺得開心嗎？」

「開心。」必穩緊接著解釋，「因爲酒精會讓我們腦袋分泌一種被稱爲快樂因子的多巴胺，讓人感到亢奮、愉快。」

「你眞是個傻瓜。」燦燦媚眼如絲地說。

「是嗎？朋友都說我挺聰明的。」

「哎呀呀。」

「……」必穩當然不是眞的傻瓜，知道自己應該是說錯話了。

燦燦歪著頭，猶如在思索三角不等式的難題，隨後似乎找到答案，「要不要試試看更開心的事？」

「不不不，我不能再喝了。」

「不是喝酒啦！」

「先說好，跳舞我也是不行的。」

「不是跳舞！」

「不然到底是什麼？」

燦燦環視周圍確定沒人，抱住了必穩，用濕濕軟軟且帶有酒味的語氣在他耳邊說：「當然……是見不得人的事。」

當女生已經暗示到這種程度，就算眞的是傻瓜也得立刻聰明起來了，必穩的雙耳已經燙得像炸豬耳，想起朋友們在行前所描繪的美好想像，徹底明白現在是什麼狀況。

燦燦沒再說什麼，拎起自己的包包，牽起必穩出汗的手掌，跟隨無數喇叭放出的重低音節奏，踏著輕浮的腳步，在視線不算清楚的狀態，依然熟門熟路地帶必穩到一間沒人的暗室去，不大，只有一盞雞蛋大的黃燈，外頭的音樂變得很小，顯然隔音做得不錯。

沒有椅子可坐，但有一張靠牆釘死的桌，很乾淨，一塵不染，有點像是吸菸室。她將包包放在桌面，連站都不是站得很穩，得靠必穩從旁扶著，沒過多久，她順利地從包包中取出了一整包即溶咖啡，裡面約莫有七、八小包，相當簡陋的包裝。她的雙手微微顫抖著，彷彿正在開啓什麼稀世珍寶，雙眼警惕地看著入口布簾的方向。

當必穩正在懷疑，要從哪裡拿熱水出來泡咖啡的時候，燦燦已經從中取出了一小包，小心翼翼地撕開一角，那個神情像是非洲飢童三日沒見過食物的模樣，原本可愛的表情已經變異，成了必穩這輩子從未見過的形狀。

「這是什麼？」

他問，但是她沒有回答。

她沒有辦法說話，很著急地從咖啡包倒出一些白色粉末在大拇指的指甲上面，看起來就像是一座小小小小的雪山，接著，低下頭去，指甲抵住了左邊的鼻孔，深深地吸氣，整張小臉蛋瞬間發麻，不得不趴在桌上，整個背部僵硬地弓起，直到第一波強烈的感覺過去，才有辦法慢慢地放鬆……

「你對我很好……試試看吧……我、我請客，嘻嘻……」

「……」

必穩只覺得這個女孩瘋了，咖啡包內的白色粉末是什麼，看女孩飄飄欲仙的面容已經不言而明，完全是犯法的物品，居然這樣堂而皇之地拿出來吸食，難不成夜店就是俗稱的法外之地，或是燦燦是法外之人？

他的情緒開始有點不穩。

燦燦一邊笑嘻嘻的、一邊再次倒出一點白色粉末於指甲上。

「試試……以後喜歡的話，記得找、要找人家喔……」

她把手緩緩地伸到必穩的面前，滿心期待，此時的真情真意，比剛剛吸進鼻孔的貨還純。

他沒有任何表示，卻有一種憤慨在胸膛裡堆積，透過不算明亮的小燈，那糊成一團的面容混沌不堪，燦燦捨去了原有的明亮、光彩、活力，讓死灰、慘澹、喪氣取而代之，統統攪成一團，再也看不到可愛的少女容貌了，尤其是雙眸中全爲自暴自棄的混濁。

……爲什麼要讓自己變成這副德性？

一個問題點燃了一把火。

剛萌發的好感就被這火燒成灰燼。

他不客氣地撥掉燦燦的手，白色的粉末一部分落在地上、一部分落在桌面。

「欸……你好浪費……」

燦燦不願意多抱怨，趕緊蹲下去，盲目地雙手亂抹著地板，然後貼近鼻孔猛吸，也不管吸進去的幾乎是灰塵，緊接著又用髒兮兮的手去抹桌子，重複一樣可悲的動作。

必穩用力地握住她的手腕，阻止了臭不可聞的慾望，燦燦的纖瘦手臂哪承受得住這樣的力道，吃痛地尖叫一聲。

這樣的痛，讓她的神智從無盡的快感中抽離出來，第一個念頭是想要生氣地掙扎大喊，但聽到外頭刻意放輕的腳步聲，產生的第二個念頭瞬間取代了第一個念頭。

被抓住手沒關係，還有另一隻手，進了包包，拿出，鑽進了必穩的褲襠當中，然後踮起腳尖，完全不顧對方的怒容，直直地吻了過去……

老練的反應，抓住了最恰當的時間。

布簾被猛力地掀開，外面站著三名警員，有男有女。

「警察，臨檢，兩個人給我分開！」帶頭的男警一臉不屑。

燦燦依依不捨地離開了對方的唇，在褲襠裡的手仍在上下套弄，不忍心男朋友只被服務到一半，相當貼心的女朋友。

「我說分開，你們是沒有聽到是不是？」

女警聽到指示，走過去將燦燦架開，憑藉自己多年的經驗，立刻說：「學長，這個有吃。」

「搜她身，兩個全帶回去驗尿。」

聽到這邊，根本搞不清楚狀況的必穩，總算是醒了過來，不滿地說：「關我什麼事？爲什麼有我？」

「年輕人，我勸你的態度配合一點。」

「我偏偏不想配合又怎麼樣？你以爲警察就能不分青紅皀白抓人？」

「很嗆欸，但你下面那包還鼓成這樣，是剛剛還沒有爽到，所以現在在遷怒警察是不是？」男警說到一半也忍不住笑了出來。

「這……」必穩低下頭看一下自己的褲襠，滿腔的怒氣隨之消散，也感到相當的滑稽。

「是處男吧？」

「……」

「不好意思打斷你破處的機會。」男警諷刺地拍拍必穩的肩，「處男先生，再麻煩跟我走一趟。」

必穩甩掉滿是嘲諷的手，原本快要爆開的情緒又再度翻騰，看見這些警察似笑非笑的臉，心中有一股難以控制的衝動，想一拳轟在那張吐不出象牙的狗嘴上。

很想，眞的很想很想……想用暴力讓現場安靜，想狠狠制裁每一雙瞧不起自己的眼神，握緊的拳在顫抖，僵硬的身軀在顫抖。

腰間配槍、根本毫不在意的男警，更加挑釁地問：「處男先生，毛長齊……喔不對，是您滿二十歲了嗎？如果沒滿，得通知家長來一趟喔。」

「咦？」聽到某個關鍵字的必穩睜大雙目，想到今夜自己滿二十歲，就不用再聯絡家裡了，旋即吐出一口長長的濁氣，暗暗慶幸起來……

必安，這是他親姊姊的名字。

□

一日之計在於晨。

無論是上班族還是學生族群都需要一份早餐，所以早上六點到八點這個時間段，早餐店會擠滿各式各樣的人，搞得像活生生的戰場，氣氛很緊張，每一個動作與指令都不能犯錯。

櫃檯上每一張單，都象徵一個客人，要是用錯了，或是弄慢了，便有可能害人家遲到，一早的心情毀了，一整天就跟著毀去。

樂芙站在工作台前熟練地裝熱奶茶，直到九分滿，送進封口機，同一時間，廚師已經送來一份總匯漢堡，她按照要求多擠了一團番茄醬進去，然後擺進紙袋包好，最後取出封好塑膠膜的奶茶，一起交給客人，收一百進來找三十五塊出去，連「謝謝，下次再來」這種客套話都沒機會講，她開始在裝下一杯熱奶茶了。

「不好意思，我要點餐。」

「好的，請說喔。」樂芙開始萌生出躲進神的世界偷懶的想法。

「我要一份總匯三明治，蛋不要熟，但也不要生到流汁；漢堡肉換成豬排，火腿片改成培根，不要小黃瓜，讓番茄多一片，胡椒粉撒三下就好，然後對切再對切成四塊，各自分開包。至於我的紅茶，冷的，去冰，四分之一糖。」

「……」樂芙吃力地記在點菜單上，爲難地說：「抱歉，我們店的紅茶沒有分甜度欸。」

「沒有分？不是這樣的吧……我如果喝太甜的飲料很容易胖。」

「抱歉，而且後面還有很多客人。」

「喂，妳這是什麼態度啊，是想趕我走嗎？」

「抱歉、抱歉，是因爲眞的沒……」

樂芙正彎腰鞠躬致歉，手中的單子忽然被後方的人抽走，起身轉過頭一看，是廚師放著煎台不顧，過來將點菜單揉成一團，扔進垃圾桶裡面。

「對，是想趕你走，滾吧。」廚師雖然圍著一件粉紅色的圍裙，但臉色沒半點紅潤，雙眸夾帶著不耐煩的情緒，印堂鬱結著深深的不爽。

「妳的態度比她更糟糕，到底爸媽有沒有教過禮貌！」

「好的，那我現在必須禮貌地知會您一聲，幹您娘，請離開，這樣可以嗎？」

「妳妳、妳……居然敢這樣罵我！」

「滾，聽到了沒。」廚師的語調瞬間冷了下來，一股狠厲幾乎毫不掩飾地衝出。

「等著瞧，等我去網路上，投訴妳們這家店。」

「記得從一星評價最多的排序開始找，找到『安穩早餐店』之後，想要留什麼廢話都可以，反正我他馬的從來沒去看過，生意還是好到根本忙不過來。」

徹徹底底被羞辱的客人，嘴巴還是喋喋不休，一邊走出小小的店面，一邊回頭狠狠地瞪了廚師一眼……

「必安，妳平時的脾氣就很糟糕了，但今天居然還比平時更加糟糕呢。」樂芙不免搖了頭。

「哼。」廚師是個剛滿二十歲的少女，粉紅色的圍裙之下，沒半分少女氣息的黑色勁裝，如濃得化不開的墨色，像是只要落進去一滴，整片海都會跟著污染成足以吞食掉所有光芒的顏色。

必安有許多重的身分，早餐店的老闆兼廚師，樂芙的同班同學，必穩的親姊姊……不過再多的身分都不足以讓她控制滿腔的忿火。

一般來說，早餐店的煎台都會設在店門，直面著外頭的馬路，這有個好處就是能讓飢腸轆轆的行人見到香嫩多汁的食物，順便聞到令人食指大動的濃郁香氣，另一個好處是讓必安站在最遼闊的視角，監視來來往往的路人與行車。

比方說，對面馬路的電線桿就躲著一名可疑的男人正賊頭賊腦……縱使體型與衣著都與必安在搜尋的目標一樣，但稍作判斷就知道認錯人了，眞正的目標尙未出現。

樂芙當然知道自己夜間部的同學是怎樣的女人，身爲一名盡責的愛神必須在班上打聽許多八卦，很多男同學都以爲必安是所謂的冰山美人，認爲只要努力就有接近的機會，殊不知她根本不是冰山美人，而是冰山，就是弄沉鐵達尼號，造成歷史最嚴重船難之一的恐怖東西。

見到人形冰山目前的狀態，代表有人要倒大楣了……好死不死，就當樂芙在默哀的時刻，一輛計程車載著一車的可憐蟲停在路邊，根本沒想過等待自己的是怎樣的命運。

下車的是必穩、大昆、阿廣，在必安眼中，依序下車的是弟弟，與其他不重要的垃圾。

「抱歉……我換個衣服就來幫忙。」必穩心虛地低頭，準備要走進店內，隨口介紹道：「大昆、阿廣是我重考班的好朋友。」

「不用，去洗澡，全身酒臭像什麼樣子。」必安連看都沒有多看一眼。

「喂，必穩，怎麼從來都沒說過你家開早餐店啊？」大昆搭著阿廣的肩，恰好有一個空座位，大剌剌地坐了下來，「剛好肚子餓得半死，先吃一頓再說。」

畢竟是開早餐店的，必安再不爽也不能直接嗆聲趕人，不過脖子邊的青筋浮得越來越明顯，最後忍不住問：「樂芙，幫我看下面的櫃子，那盒老鼠藥還有沒有？」

樂芙緊張地四處張望死神有沒有出沒，嘴巴刻意溫和地說：「這樣母湯啦，不然給他們加一點鼻屎跟口水就算了，鬧出人命的話，對這家早餐店不好。」

「帶壞人家弟弟的畜生，本來就該死。」

「要是這家早餐店被迫關門怎麼辦？我們的收入全靠它了。」

樂芙心知肚明必安眞正的收入來源根本就不在這，但表面上她得裝作什麼都不知道。

必安沒有繼續堅持下老鼠藥的計畫，只是變得更加的煩躁與不耐煩。

「隨便倒兩杯飲料給他們，不收錢，叫他們滾。」

「放心，交給我吧。」

□

超過四十年的公寓大樓，安穩早餐店不過十五坪大小，正上方的二樓坪數幾乎相同，是他們居住的家。

依開早餐店的生活作息來說，每天四點左右，姊弟一同起床準備開店，一同面對最忙的六點到八點的時段，在接近九點的時候必穩會去上課，剩必安獨自賣到十點收店，整理到十一點鐘，吃個賣剩的早餐當中餐，就可以去睡覺了，一路睡到五點起床煮晚餐，等六點必穩回家，就換必安去上夜補校。

要不是假日，其實這對姊弟也沒多少時間能面對面說話。

必穩坐在自己的床，看向一桌之隔的單人床，必安滑著手機，下午一點三十三分，沒有任何要睡覺的意思。

「姊，生日快樂，這是我昨天去逛西門町買的。」他伸長身軀，把一個小方盒擺在桌上，巧妙地一推，讓其緩緩滑向另一邊。

「走開。」她伸長腿，一掃，小方盒摔在木製地板上，「你是去西門町附近的夜店。」

「我是覺得我們既然成年了，應該多去見見世面。」

「鬼扯。」

「妳就是過得太壓抑了，過陣子我們一起去聽聽歌、跳跳舞也不錯吧。」

「難道我還得提醒你學測只剩四個月嗎？一個第一志願高中畢業的人，一定也要考上第一志願的大學與科系。」必安雖然裝作不在意地看著手機，但手指早就停止，

「你是天才，跟我這種蠢才不一樣，不要辜負爸媽對你全心全意的栽培與寄望。」

「不要再說這種話了，不是說會讀書就算天才，那整間國建中學豈不是上千名天才。」必穩不想再談這個話題，打包票說：「這一次考試絕對沒問題，姊，放心吧。」

「再重考，看我他馬的會不會一腳踹死你這廢物。」

「是是是，生完氣了，那我的生日禮物勒？」

「沒有這種東西。」

「可是店門口明明停著一輛新的機車。」

「沒交代清楚，你想都別想。」

「……」

「你到底又給我闖什麼大禍？」必安一想到過去弟弟的問題，實在不能再保持冷靜。

「其實只是誤會一場……」必穩這輩子就沒瞞過這位親姊。用避重就輕的方式，支支吾吾地描述昨晚在夜店發生的事，緊接著說到被帶至警局驗尿的過程，當然尿檢順利過關，警察刻意盤問許久，也找不到什麼問題，不得不乖乖放人回家。

「等等，這個叫燦燦的女人，是怎麼藏貨的？居然沒被警察逮到？」必安提出一個關鍵的質疑。

「藏……我這。」

「那婊子敢把毒品藏到你身上！」必安坐不住了，「你知不知道萬一有了前科，推甄的時候就不會有好學校敢要你？」

「沒事啦，沒被找到。」

「毒品到底是藏到哪？」

「啊就……我的褲襠。」

「……」

「姊，眞的不用太在意，反正什麼意外都沒發生。」

「噁心到我都快吐了，馬上去把你那根爛屌給我洗乾淨，現在！」

「啥？不是啊，中間有隔著內褲。」

「快！」必安拿起枕頭，就狠狠甩在弟弟的臉上。

「喔好啦，別發這麼大的脾氣。」必穩嘟囔著拿著乾淨的衣服前往浴室。

「用馬桶刷給我刷乾淨。」

「……神經病。」

罵是這樣罵，但他還是鎖上了門，在鏡櫃裡頭找到一柄要換掉的牙刷，長長地嘆出一口氣，沾上整團沐浴乳，無奈地執行姊姊的指示。

熱水嘩啦嘩啦的……

必安在浴室外來回踩步，越想越覺得不對勁，就算弟弟說得算是詳盡，可是心中總有個疙瘩揮之不去，必然有個很關鍵的地方被遺漏了，慶生、夜店、艷遇、吸毒、臨檢、警局、驗尿、回家……這一系列的過程中，最核心之處在於？

「那包貨呢？」她大喊一聲。

隔著一道門，必穩用牙刷搓著胯下，安然道：「放心吧，我雙手提著外套，從頭到尾遮住下面，之後進到警局的廁所，趁驗尿的機會，把那些禍害社會的毒品統統沖進馬桶，一乾二淨。」

「你這蠢貨！」必安一腳踹開浴室的門，怒氣沖沖地闖進去，「你把人家的貨通通銷毀了？」

「喂！我還在洗。」

「我告訴你，那個小婊子真正的身分，不是一般的毒蟲而已。」必安根本什麼都顧不上了，「她是個小藥頭，那家夜店就是她負責經銷的地盤，你還以爲人家是看你帥嗎？不是，是她要找人試吃，等你以後上癮了，就是一條家破人亡的狗。」

「我、我又沒吸。」必穩拿水瓢遮著下體，不知所措。

「她一個小女生憑什麼在那邊賣藥？就憑上面有黑道，懂嗎？而你沖掉人家的貨，怎麼可能會沒事發生？」

「……」必穩聽完也傻住了，手慢慢地鬆下來。

「給我遮好！」

「姊……不是啊，這個、這個……沒那麼誇張吧？」

「我也希望是。」

「妳是不是黑道電影看太多?」

「你這蠢……」

「我覺得妳想太多。」

「我真的會被……唉,算了。」必安不願再說什麼,轉過身去慢慢退出浴室。

一反常態,溫柔地將門閤上,即便門的鎖早就已經壞了。

她坐回自己的床,耳朵聽著再度響起的水聲,腦袋是一片混亂,不知道為什麼,母親臨終前的樣子和言語,突然又很清晰地回放起來,過了這麼多年依舊沒半點褪色與雜訊,宛若是昨天才發生的事,鼻子還能聞到專屬於病房的獨特味道。

不自覺地從床墊下抽出新車鑰匙……

「弟弟,生日快樂。」

她輕輕一拋,鑰匙飛掠過中間的桌子。

砸向排排坐的神明,穿透坐中間的樂芙,墜落在必穩的棉被上,沒發出半點聲音。

同一個房間,不同的世界。

像極了擺於神壇的一列神像，愛神坐在中央的主神位，左邊坐的是財神，更左邊坐的是城隍，右邊坐的是窮神。怪異的是，從最左數到最右邊，是一名天生粉紅色短髮的女高中生、一名領帶長到快拖到地板的西裝男、一名綁著雙馬尾的角色扮演者、一名任由長髮遮住整張臉的貞子……

他們應樂芙之邀，一起擠在這張床，仔細觀察著這對親姊弟。

「他們……是不是都有情緒方面的嚴重問題？」城隍率先打破沉默。

「不，只有一個有而已。」畢竟是自己的案子，樂芙負責解答。

「父母雙亡？」窮神提問。

「他們是遺腹子，母親含辛茹苦拉拔長大，可是在先前不幸病故了。」樂芙顯然是有深入研究，「這家安穩早餐店，就是母親留給他們的謀生工具，我定期會在這打工，生意算相當不錯，一大筆父親留下的債務已經還得差不多了。」

「依我的判斷，這對姊弟的財格都很淺……光賣早餐真的有辦法負擔嗎？」窮神有點懷疑，「別看這間房子舊舊破破的，只要認眞端詳，就能發現必穩用的東西都很高級，鞋子，名牌；電腦，閃閃發光；手機，最新的旗艦機種；生日禮物，居然是重型機車。」

「那是妳不知道早餐店有多好賺，常常忙到我手都快斷了。」樂芙想起點菜單不斷進來的畫面就覺得害怕，「況且，我們愛神只看姻緣，你們財神、窮神那套對我的業績幫助不大啦。」

「不對……因果跟一切事物有關……等等，假設我們對妳的幫助不大，那妳一直找我幹嘛？」

「當然是——」樂芙款款地站起，當眾神面前轉一個圈，行一個十分自信的禮，「向你們展示這次的我有多棒、多認真！」

窮神翻著白眼，扭過頭詢問城隍道：「你們真的沒打算將這種禍亂塵世的超白目愛神交給是非門制裁嗎？」

「非常遺憾，我仍然是個見習財神而已，要不然以幾年前本城隍的做事風格……哼哼。」城隍相當配合。

「喂，妳們不要嚇人家啦，真過分！」樂芙嬌嗔道：「憑什麼菜菜就可以跟結緣對象生活一段時間，而我就算是禍亂塵世？我知道我以前犯過很多錯誤，像是白熊啦、歐陽啦，都被我害得很慘，可是仙人打鼓有時錯，腳步踏差誰人無，現在我改過自新，總該有個新的機會吧。況且、況且，阿爺也一直說要事前調查、事後追蹤啊！」

提到了財神的名諱，大家才忽然發現一向喋喋不休的阿爺到現在都沒吭過一聲，忽然之間三道好奇的眼光聚集在他身上，發現那招牌式的吊兒郎當型燦笑完全消失無蹤，取而代之的是眉頭深鎖，彷彿橫在眼前的不是一對姊弟，而是複雜不可解的千古難題，甚至，帶著一點危險的氣味。

「妳……到底是想做什麼？」財神問了。

「當然是賺業績呀，現在要找到沒有被其他神明發現的目標很困難，以前我還可以坐在月老廟，從信徒口中的祈求來判斷，現在愛神之間的競爭這麼激烈，如果不主動出擊的話，我早就完蛋了。」

「妳不需要講這種每個神明都知道的廢話。」

「我看這對姊弟也沒有被其他財神跟窮神注意到，所以順便推薦給你們呀。」

「人海茫茫，會被神明遺漏的，往往都有很特別的原因。」財神還是那副鬱鬱寡歡的模樣，再也聽不進樂芙在那邊說什麼五四三，雙眼死死地盯著一樣鬱鬱寡歡的必安，「她有錢，擁有的財富遠高於一般普羅大眾的平均值，但要我結緣……我是沒這種勇氣。」

窮神嗅到一股名爲業績的香味，試探地問：「財神不行，豈不是代表很適合我？」

「我勸妳不要輕舉妄動……這對姊弟，用股市的術語來說就是『妖股』，這種股票不看籌碼、不看技術線型，甚至都不看公司營收或任何的消息面，要十幾根漲停、要十幾根跌停都行，總是能用最超乎預料的方式來超乎我們的預料，正是所謂的多空雙巴、家破人亡。」

「怎麼可能有這種事……一定有個脈絡可循吧？」

「沒有，因爲這種妖股背後都有個俗稱主力的人在控制，完全取決於『這個人』的一念之間。」

「……」窮神有點聽傻了。

樂芙聳聳肩，好奇地問：「就這樣放棄這對姊弟嗎？」

「ＮＯ。」

「不然呢？」

「我覺得，妳應該去找死神。」財神淡淡地說，雙眼仍未從必安身上挪開。

□

早上九點，早餐店的人潮漸歇。

必穩騎著新車去重考班了，整間店只剩必安在負責，樂芙已經在收拾與清點。

原本就不大的店面，只是意思意思在店內擺三張桌子，騎樓則是擺了兩張。依必安的性格是恨不得所有的客人全部外帶，但母親經營時就留下的規矩，她並不願意修改，所以每天只要看到有人要內用，心情就變得不好，如果內用的客人坐超過二十分鐘，或在那邊嫌東嫌西，心情的惡劣程度就跟炸鍋裡面的熱油一樣滾沸。

「好香喔……呵呵。」一個男人笑嘻嘻地走進來。

反正這個時候也不需要點菜單了，當然也不需要客氣地招待，必安選擇速戰速決地問：「吃什麼？」

「呵呵。」

「……」必安回過頭去，上下掃視櫃檯前的男人。

認了出來，就是前幾天躲在對面馬路電線桿的人，因爲當時在等弟弟回家，才剛好瞄到這名身材與衣物跟弟弟很接近的傢伙，否則這種莫名其妙的東西不可能殘留在記憶當中。

「吃什麼？」她再問一次。

「蛋餅，我想要吃蛋餅！」男人顯得非常雀躍，好像這種二十元一份的食品是什麼山珍海味。

「什麼口味？」必安熟練地再淋上一點油，將煎台的火開得更旺。

「……口味？」

「我們有火腿蛋餅、玉米蛋餅、鮪魚蛋餅、九層塔蛋餅……」

「我只想要蛋餅，妳講這麼多，我、我不會選。」

「飲料呢？」

「沒關係，喝水就好了。」男人亮出了自己的水壺，破破爛爛的，估計裡面裝的是自來水。

「嗯。」必安收錢辦事，按照媽媽手把手教的步驟製作原味蛋餅。淋上醬油膏，親自端了上去，她又回到自己負責的崗位，接下來，幾乎沒有什麼人要吃早餐了，處理完三位外帶的客人，就關掉瓦斯準備開始清潔。

開早餐店就是會製造出特別多的垃圾，光蛋殼便是滿滿的一大袋，更遑論客人用完的杯子、吸管、竹筷、叉子。

她俐落地整理出兩大袋的垃圾之後，站起身，忽然一愣，吃蛋餅的男人還坐在原處，可盤子中連醬油膏都不剩。

「二十元。」必安將攤平的手掌橫在男人面前。

男人順勢握住，興奮地說：「好好吃，眞的好好吃喔，我從來、從來沒吃過這麼好吃……蛋餅眞好吃，好吃，妳好厲害，天才，好好吃的蛋餅，妳是蛋餅天才，好吃的蛋餅。」

他腦袋中的辭彙看起來翻來覆去就這麼幾個，一副想更用力地讚美，卻使不上什麼力的慘樣，整張臉憋得漲紅，看起來有幾分滑稽。

但是必安沒笑，因爲從來沒有人這樣稱讚過自己的蛋餅，總是僵硬的五官突然變得柔和……大概三秒鐘，可惜這罕見的反應在她想起對方欲吃霸王餐的瞬間消失。

「請付款，二十元。」

「呵呵呵……呵呵……」男人天眞無邪地憨笑起來。

「別給我來這套。」必安甩開他的手，「給我付你的餐錢。」

「呵呵……」

「你現在笑得像隻可悲的猴子，就以爲老娘不敢揍你是不是？」

「不是，對不起……我沒錢，味道很香，我很餓……」

「關我屁事，吃飯付錢，天經地義。」

必安說到做到，一把抓住男人的後領，猛然地往後拖，男人的脖子被領子勒住沒辦法出力反抗，連帶整個人往後仰，一屁股摔在地上，她就這樣子一手提著垃圾、一手拖著男人，一路走出店內、一路走出騎樓、一路走到人行道上，放開，跟在垃圾場扔垃圾的行爲無二異。

沒再管那個男人了，經過這樣的教訓估計已經嚇得屁滾尿流，她逕自走過街角扔掉垃圾，再漫步回家之際，瞳孔霍然放大，無法置信男人抱著一個包包，還賴在店門口不走。

她飛奔過去，躍起，一個飛踢直接命中男人的後背，男人吃痛地趴在地上，瞧見殺氣騰騰的必安再度走近，眼眶含著眼淚，嘴巴喃喃說著「對不起、對不起」，趕緊連滾帶爬地逃命而去。

經營一家早餐店，從小到大她什麼奧客、地痞、騙子沒碰過，早就有一套堪稱是公式化的應對方法，區區一個吃霸王餐的傢伙，至少有超過三百種的招數應對……必安原本是這樣想的，可現實卻超乎了她的預料。

這幾日，男人在早餐店門口實現了越南的叢林游擊戰術，沒事就賴在人行道上不走，發現必安出來踢人就逃，等到危險暫時消失，又偷偷摸摸地回到原處，來來回回幾趟，表現出樂此不疲的欠揍模樣。

「安安，晚上還要去學校，不先休息嗎？」早該下班的樂芙提著包包關心地問。

「不要叫我安安，很噁心。」必安提著鋁棒守在店門。

「再這樣下去也不是辦法。」

「等我逮到這無恥的白痴，敲斷他的腿骨之後就自然有辦法。」

「欸，那還不如找警察來處理。」

「不用。」

「來不及囉，我剛剛已經報警。」

一輛警車彷彿聽從樂芙的指示，沒有鳴笛，悠悠地停在早餐店前的路邊，一名男警、一名女警連袂下車，完全沒有那種出外辦案的緊張感，宛若早就預料到「有陌生男子騷擾、逗留」是怎麼一回事，男警馬上找到躲在電線桿後面的罪魁禍首，招招手要他過來。

先不管其他的原因，光是最近弟弟扯到賣毒品的黑道，必安就不想跟警方有任何接觸，同時她也清楚這些警察個個精得跟鬼一樣，要是擺出拒人於千里之外的姿態，反而會追根究柢追問到底，那還不如以受害人的身分乖乖配合。

「請問報警的是？」男警客氣地詢問。

沒讓樂芙開口，必安先一步說：「我是店長，這個男人吃霸王餐沒付錢，還賴在我們的門口不走。」

男警抽出胸口的筆記本就甩在男人的臉上，怒道：「爲什麼要做這種事！」

「好、好香，好吃。」男人揉著發紅的痛處，一臉委屈。

「好吃什麼！」

「蛋餅，好好吃的蛋餅。」

「眞的那麼好吃嗎？」

「好吃！」

「嗯，看來是眞的好吃。」男警轉過來面對必安，立刻換上另一張臉，「老闆的廚藝一定很不錯，下次我一定號召整個局的同事來捧場。」

「……」必安感覺到太陽穴在抽搐。

「老闆，是這樣的，這個白痴，我們都叫他大傻，他就是……就是比較笨，但又不到需要強制安置的程度。家裡已經沒人了，親戚們也不願意幫忙，所以時不時會在附近晃蕩。請放心，很安全的，絕對沒有危險性，除了比較貪吃，本身跟一般人沒差多少。」男警陪笑道：「蛋餅的錢我來出就行，以後他的餐錢全算我頭上，放心，身爲人民的保母不會給妳倒帳。」

一旁的女警立刻塞兩百塊過去，誠懇地勸道：「請老闆發發善心，幫幫可憐人吧，大傻的未來就依靠您了。」

以後？未來？發發善心？一聽到這幾個詞，必安已經被氣到有點頭暈，連手上被塞進了兩百塊都沒發現，「不是這樣子的吧？他賴在店門口，已經嚴重影響我們做生意。」

「現在不是已經打烊了嗎？」男警問。

「問題是他根本不打算走啊。」

「老闆這樣想就不對了，我們應該換個角度來說，顯然是妳的早餐眞的是太過好吃，才有人來這徹夜排隊等待開店，就像是在搶限量商品或是演唱會門票那樣啦。」

不要瞎掰好嗎？必安原本是想直接反嗆的，不過能不得罪警察就不得罪，她耐著性子說：「這裡可是我的私人產業。」

「沒錯，所以大傻只能待在這條『公有』的人行道上面。」男警刻意強調「公有」這兩個字。

「……」必安雙手緊緊握拳，兩張百元鈔票已經擰成一團。

「實在是……我們也沒有什麼執法的依據能驅離一般的路人，老闆，請體諒。」女警柔聲道：「大傻不會長時間杵在同一個地方，過幾天就會離開的，我可以保證。」

樂芙也跳出來幫忙說話，笑嘻嘻地勸道：「幫幫大傻也沒什麼影響嘛，況且……他長得人模人樣的，是我的菜耶。」

「妳的花痴病不要在這時候發作。」

「嗚嗚，安安的嘴好壞喔……」

當必安準備一次反駁同學與女警的時候，一旁不知道跟大傻在討論什麼的男警忽然嘖嘖地說：「看看，大傻後背這塊瘀青……老闆手下得眞重。」

大傻撩起身上的白色上衣，一臉委屈地嘟起唇，恨不得所有人都看到自己痛痛的地方。

「我倒是覺得他沒有違反什麼法令，而老闆卻是擺明的傷害罪……不過我知道這傻瓜有的時候就是欠揍啦，哈哈哈。」男警一邊爽朗地大笑、一邊猛搥大傻的背，「雙方各退一步，都不要追究了，這樣皆大歡喜，對不對？」

大傻被掐得快哭了。

很清楚，這對警察一個唱黑臉、一個唱白臉，無論是眞有苦衷，還是另外有什麼企圖，總之，這件事都不會改動了。更惱人的是，因爲樂芙報警，讓警方注意到早餐店，原本很多可以惡整大傻的小手段都無法使用。

「哼。」必安轉頭就走，選擇眼不見爲淨。

男警與女警相視而笑，誠懇地奉勸外加陰狠地恐嚇，大傻唯唯諾諾地不停點頭，像極準備去同學家過夜的小學生。

經過再三確認大傻不會闖禍之後，他們坐上警車離開了，打算去巡視下一個地點。

樂芙揮揮手跟他們說再見，再揮揮手跟大傻道別，就自己一個人下班了，非常明顯，她的心情好到無可復加，腳步特別輕快，蹦蹦跳跳的，雙馬尾隨之上下擺動，有點像是墾丁沙灘的海浪，一整個歡蹦亂跳的快樂氛圍，無形地瀰漫在她身邊。

她走在人行道上，刻意在旁邊留了一個空位。

她走在人行道上，窮神駕駛著電動輪椅，緩緩地塡補了這個空位。

兩人並肩而行，午後的陽光，穿透了路樹的茂盛葉片，在她們身上形成金光閃閃的斑，彷彿自體發出了光芒。

「樂芙，妳到底想做什麼？」

「當然是盡一個愛神的責任呀。」

「愛神的責任不就是牽紅線嗎？可是我始終看不出妳爲必安選擇的目標是誰。」

「妳知道嗎？我看過人類這麼多有關愛情的創作，得出了一個關鍵性的結論。」

樂芙自信地揚起下巴，沐浴在溫熱的日光中。

身爲窮神的小茱，對於「不幸」特別敏感，全身發冷，不安地問：「什麼結論？」

「我發現男女要談一場深刻的戀愛，巨大的身分差距幾乎是必備的條件，舉例來說，北韓軍官與南韓千金之戀，差距一條國界；黑道大哥與當紅偶像，差距了光明與黑暗；新人記者與超級英雄……啊這個是已經差距了整個物種，諸如此類的案例我可以講一整天。」

「妳應該知道……創作是創作，現實是現實吧？」

「錯了，大錯特錯。」

「我、我錯了？」

「創作是人們對於現實的憧憬與投射。」樂芙燦爛地笑了起來，「是他們內心深處眞正想要的。」

小菜瞧見樂芙的笑容，雙眉便緊緊地擠成一團，對這樣的笑容很熟悉，卻一時之間想不起來，她若有所思地說：「所以妳才會在同人場……」

「是的。」

「……」

小菜發現自己無話可說，但是沒有離去，依舊靜靜地陪伴樂芙走這段路，明明天空的太陽很努力地在散發熱，可是她想得越深，就越無法忍受從心底不斷滲出的寒冷。

有一個很大的局在形成，因果開始朝未知的方向延伸，產生難以控制的交錯，這種感覺很熟悉，實在是太過於熟悉了……

她們依然並肩。

這段長長的人行道終有盡頭，她停下輪椅，沒有跟著跨過斑馬線。

「對了，我想起來了……」

那是阿爺的招牌笑容，掛在樂芙的臉上。

阿爺，全名方士爺，又稱超惡意財神。

□

晚間七點四十七分。

是屬於一天當中最和樂的時間，大人下班回到家，洗完澡吃飽飯，小孩放學回到家，打電動看電視，獲得暫時性的放鬆和喘息，來面對明天整整一日的折磨，所以過去電視台最重視八點檔的原因就在這，大部分的人在這個時段，都會選擇休閒……當然也會有少部分的人除外，譬如說夜間部的學生。

必安去上課了，必穩去圖書館K書，安穩早餐店自然是拉下鐵門，一、二樓的燈光全滅，僅剩一根路燈可憐兮兮地獨自發出光亮，照亮又髒又掉漆的招牌，使路過的人看得清楚。

三輛機車，六名惡煞，六根鐵棍，藉由路燈確認了招牌，一齊停在早餐店門口，他們已經很熟悉應該要怎麼砸店，自然有一系列的分工合作，先拍了拍上鎖的鐵捲門，確認裡頭沒人在，彼此相視一眼，交換一個開始上工的眼神，便專業地做起熱身運動。

上頭的指示，只是給一個小小的警告，不必做到破門而入的程度，整個騎樓的範圍，說實在的，不過是幾張桌椅以及枯黃的盆栽，連輛機車都沒有，其實砸起來也不算痛快。

就意思意思吧，六個人分成三組，一組敲鐵捲門、一組砸桌椅、一組破壞盆栽，幾乎沒有多久鐵捲門變得坑坑疤疤，桌椅肢解成好幾塊，盆栽更不用說，裡面的乾土散落一地，無辜的植物斷成好幾截，死到不能再死。

他們嬉皮笑臉地打砸，有說有笑地討論等等要去哪裡聚會，渾然不覺身後出現一個抱著背包的人。

「那個……不可以破壞啦。」大傻弱弱地出聲提醒。

「操你媽的，什麼時候多跑出一個！」其中一個惡煞嚇一大跳。

「不可以的，這、這裡蛋餅好吃。」

「吃你媽的雞掰，你是不是叫作楊必穩？」

「不是，我叫大傻。」

「是哪裡跑出的智缺啊，給我滾！」

「你們不能再、再打。」大傻沒有滾，反而更接近幾步。

「我們想怎樣就怎樣。」惡煞出手推倒大傻，惡狠狠地警告，「勸你不要在這找死！」

「不過、不過，這裡蛋餅很好……」

這回大傻沒有把話說完，惡煞的鐵棍已經擊中他的頭頂，一瞬間，來得太快了，大傻根本反應不過來，也搞不清楚是什麼狀況，鮮血從髮線緩緩地滑落，沿途經過額頭、眉心、鼻梁、嘴角、下巴，一滴一滴地落在地上，這一道暗紅色的線條，讓大傻的頭宛如即將脆裂的西瓜，隨時有可能分成兩半。

抹了抹臉上濕濕熱熱的血，大傻表現得有幾分困惑，等到頭頂傳來痛覺，他才理解到自己被打，開始變得很生氣，嘴巴嚷嚷著像抱怨又像是怒吼的怪叫，整個人就撲了上去，想將所有的鐵棍搶下來。

雖然這六位惡煞個個臉色蒼白、眼眶凹陷，一副有毒癮的模樣，但這麼多年來也算是身經百戰，區區一個傻子自然不會放在眼裡。

兩方根本沒有所謂的對抗，更多的是大傻的一廂情願，好像認爲只要沒有鐵棍，早餐店就不會被破壞。

諷刺的是，還眞的如他所願，鐵棍全部招呼在他的身上，自然就沒有機會去破壞別的東西。

惡煞們宛若是嗅到血的鯊魚，原本接到上頭的旨意，只是來給點小警告而已，結果一個傻子跳出來，自願擔任人肉沙包，他們當然不會放過這個享樂的機會，盡情地揍，瘋狂地踹，尤其是在大傻忍不住求饒之後，反而更變本加厲，享受著獵物的恐懼與眼淚。

大傻很痛，覺得全身上下都痛死了，用隨身攜帶的背包，至少擋掉了一半的攻勢，還趁機會搶下了一根鐵棍，可惜，就算手中有了武器，也根本沒辦法真正的反擊，而獵物的小小抵抗，卻激怒了惡煞們嗜血的慾望，下的手當然也就更狠。

這種單方面的圍毆，基本上只有兩種結束的可能，第一種是鬧出人命，第二種是沒有力氣，幸好，現在是屬於第二種狀況，這些惡煞平時都有吸毒的習慣，體力與耐久力都不會太好，短短的五分鐘左右，就已經氣喘如牛，一起退開之後，瞧見大傻依然無力地持著鐵棍盲揮，滑稽得像是精神錯亂的小丑，他們紛紛哈哈大笑起來。

其中一名惡煞，吐了一口在大傻臉上，濃痰很快地就跟髒血液混在一起，形成一片令人感到十分噁心的顏色。

倒在地上的大傻，盲揮的手逐漸無力，鐵棍掉落在地上，發出悲哀的脆響，就跟持有它的人一樣，最後完全躺平不動，再也沒有任何力氣抵抗，只餘起伏的胸膛在劇烈喘息，鼻涕跟眼淚全糊成一團，發出沒有意義的哀鳴。

「不知道哪來的白痴。」

「原本還嫌這趟都沒運動到，現在感覺眞他媽的舒爽。」

「可能是這家早餐店的熟客吧。」

「笑死人，爲了吃個早餐有必要這樣嗎？」

「我看該走了。」

非常有經驗的惡煞們，算了算時間，知道警察差不多要來了，很熟練地在大傻的衣服上抹乾淨鐵棍沾到的血跡。

臨走之前，用紅色的噴漆在鐵捲門噴上「金四角找你」這五個大字，歪歪斜斜的，但不妨礙背後所蘊藏的惡意或挑釁，金四角背後代表的意思足以讓人毛骨悚然。

晚間八點三十一分。

必穩原本只是想回家取課堂筆記，可是眼前的畫面令他呆站在原地整整十秒，爲什麼會被破壞成這樣？金四角是誰？又想找什麼人？諸多的疑問，一時間沒辦法反應過來，直到聽見大傻在喊痛，他才去啓動重機的車頭燈，看清楚躺在陰暗角落的男人。

「欸，你怎麼被打成這樣啊？」必穩過去扶起他。

「痛……很痛……」大傻是眞正意義上的遍體鱗傷。

「居然有這種惡人……」

必穩越看越是不忍、越看越是憤怒，即便是對豬狗也不該下這麼重的手，遑論是對一個活生生的人，凶手根本沒有把人命當作是人命，把大傻當成在遊戲場投個十元便能隨便揍的機器，還能得到百分之百眞實的肉感反饋與還原度最高的哀號。

他並不認識大傻，對於一個死賴在家門前不走的男人沒半分好感，可是見到這樣的慘狀，難以控制的怒火在胸膛焚燒，忍無可忍地去踹幾下鐵捲門洩恨，想到要通知姊姊，連忙掏出手機撥出電話……

「什麼急事？現在是上課時間。」

「姊，我們的店門口被砸了。」

「被砸？你有沒有怎麼樣？還好嗎？我現在趕回家去。」

「我在圖書館看書，沒有碰上凶手，倒是那個大傻被打得很慘，他們根本沒在控制力氣，地上斑斑血跡……我、我先叫救護車，妳就直接到醫院找我們吧。」

「不對，你先讓大傻進店裡休息，不要報警、不要聲張就對了，一切等我回家再說。」

「爲什麼？」

「不要多問。」必安說得斬釘截鐵，不容置疑。

「……」必穩的沉默代表他還搞不清楚狀況，不過從小到大通常是姊姊說了算，沒有必要在這點上面爭執。

「有聽到我說的嗎？先安置大傻就對了，除非你發現他身上有刀傷、槍傷，或者是血流不止的傷口，否則先不要輕舉妄動。」

「姊，我們家的大門被寫上了五個字。」

「什麼字？」

「金四角找你。」必穩狐疑地複述。

必安無奈地緩緩閉上雙眼，最不希望發生的事，終究還是發生了。

□

金四角是個惡名昭彰的組織，連一般的幫派分子都不屑與之爲伍。

他們最主要營業的項目只有兩種，一種是毒品的販售，另一種是殺人的勾當，或許很多人會覺得毒與殺手在見不得光的黑色世界不算多罕見，可是能將兩者完美契合，變成一條獨特產業鏈的，唯有金四角。

賣藥給毒蟲，會有一個很大的風險，就是毒蟲的癮太重，整個人漸漸廢掉，沒辦法去工作，沒有買藥的餘裕，積欠一屁股債不說，最後多半家破人亡、橫死街頭，對金四角而言，斷了一筆穩定收入，還容易引起警方關注。

於是，爲了克服這種問題，金四角專門訓練一批人，輔導這些跟渣滓無異的毒蟲，提供「再就業」的機會，聽從指示去殺掉指定人物，如果沒有當場被反殺，或是被警察逮捕的話，便能依難度分等得到三到六個月不等的分量，直到這批吸食完了，就再依命令去殺人，不斷地輪迴。

雖然最終的結局不是死就是坐牢，但至少多快活了一段時間。而從金四角的角度看，更是一本萬利的好生意，反正這類死了都沒人願意收屍的免洗角色，是相當好用的道具，給一把早被警方標註本來就該銷毀的黑槍，告知在家門或公司大門之類的地方待命，等到目標出現就裝成路人走過去近距離開槍了事，能逃得掉，就回收再利用，逃不掉更好，還省掉一筆藥錢，反正毒蟲的腦袋多半吸毒吸壞了，說話顛三倒四，即便說出什麼也難被採信。

毒蟲成功殺死目標，金四角賺到顧客的錢。

「要是毒蟲再被目標的保鏢或是警察當場擊斃，金四角還能白賺一批貨，拿去養下一個殺手。」必安坐在早餐店的櫃檯上，侃侃而談，順便看一眼自己的手機。

樂芙坐在給客人用的桌子，好奇地問：「這麼可怕的事，妳未免知道得太清楚了吧。」

「前陣子不是有個連續殺人魔，在直播鏡頭前刺殺一個美女老闆的事件嗎，當時網路上討論得轟轟烈烈的，那個凶手就是金四角養的殺手啊，妳難道不知道？」

「好像、好像有聽說……」身爲始作俑者之一的愛神，何止是只有聽說而已。

大傻躺在她們之間的走道，目前正在昏睡當中，身體包滿厚厚的繃帶，宛若擺放在博物館任人參觀的木乃伊。昨晚經由必安、必穩聯手簡單清洗、處理傷口，確認大部分都是瘀青，比較嚴重的傷是頭頂三公分的傷口，在多層紗布的壓制下，已經停止流血了，現在的狀況還算穩定，不知道該歸功於傻人有傻福，還是他本身年輕身強體壯。

安穩早餐店今天沒有開門營業，樂芙是來上班之後才知道發生什麼事。多處凹痕的鐵捲門沒有失去功能，稍稍上拉約五十公分，讓外頭的陽光能進來些許，又恰好能阻斷路人可能的視線。

「穩穩生日那天居然跑到夜店去玩？眞過分……當初我說要辦慶生會，你們還說有事不能參加。」樂芙嚴正抗議。

「這是重點嗎？」必安看一眼手機，一臉嫌棄地說：「不要叫我弟穩穩，很噁。」

「人家穩穩喜歡就好。」

「問題是我不喜歡。」

「安安，還是一如往常有著這麼強的控制慾呢。」

「不要叫我安安。」

「不過……穩穩惹到這麼危險的幫派，妳一點都不擔心嗎？」

「把該賠的賠給人家，不會有什麼危險，況且他已經成年了，也該學會自己去處理這些社會事。」必安梳了梳自己黑棕漸層色的短髮，順勢看一眼手機，「根本不需要擔心什麼。」

「那妳爲什麼要一直盯著手機？」樂芙掩嘴輕笑。

「……」

「是在等消息對不對？嘻嘻。」

「我是在盯著天氣變化，等等萬一下雨了怎麼辦？」

「是喔，不過很值得好奇的是，這一回，妳居然沒有跟去。」

「還不是那個白痴說什麼『成年了自己闖的禍要自己處理』、『不想替家裡帶來不必要的麻煩』，類似這種完全不合乎邏輯概念的蠢話，害我眞想狠狠揍他幾拳。」

「沒錯、沒錯，姊姊這種東西本來就是拿來利用的啊，一個人去要是被那些壞蛋欺負怎麼辦？唉，一想到這就覺得很擔心，妳再看看手機吧，說不定穩穩已經傳來訊息了。」

「他說補習班的朋友，有認識一些道上的兄弟，可以幫忙處理……等等，妳這麼關心我弟弟幹嘛？」必安準備去拿手機的手停在半空，轉過頭，很不解地望向這位同學兼員工。

「啊就……關心一下朋友，沒什麼特別的吧。」樂芙慢慢地偏過頭，抓著自己的左側馬尾，遮住大半的臉蛋。

必安恍然大悟地張大眼睛，過去種種不合理的事情似乎都有了解釋。明明是交情不深的同學，爲什麼願意領著不合最低薪資的酬勞，也要到早餐店來工作？明明是休假日，爲什麼願意死賴在店裡不走？明明是和自己在談話，爲什麼眼神總會飄向弟弟的方向？原來樂芙無數怪異的行徑，都是爲了弟弟……

「要是讓我知道妳對必穩下手，我會用烤得發紅的刀把妳的手指頭當奶油一段一段地割下來，然後放到煎台去烤，再當成鑫鑫腸包在吐司裡面，拿出去隨便送給流浪漢吃，日行一善。」

「唉唷，恐嚇我也沒用啊。」

「妳……」

「我現在又沒有別的想法，嗯，最少現在沒有。」

「還裝傻……」

「人家哪有？嘻嘻。」

「妳聽好。」必安覺得有些底線已經到不得不說清楚的程度，伸出腳尖，戳了戳大傻的肩，確認他的狀況良好、睡得香甜，才語重心長地說：「我們的父親是個小有名氣的學者。」

「這倒是第一次聽妳說。」

「他在我們出生前就過世了，我並沒有親眼見到，不過我媽提到他時，雙眼總是會散發著光芒，而那種光芒是經過五年、十年都不會褪色半分的，我媽爲自己丈夫感到無比驕傲，更是憧憬在學術領域得到認證的那種感覺……」

「總覺得即便是小有名氣的學者也賺不到什麼錢呢。」

「嗯，因爲是很冷門的研究，甚至常常要去借錢養自己的實驗室，家庭生活的經濟重擔是靠我媽的早餐店，無怨無悔地支撐到父親去世爲止。要不是當時肚子裡有弟弟在，她早就燒炭跟父親一起去了。」

「……」

「妳知道爲什麼我會耐著性子，客客氣氣地說著過去的事嗎？」必安的語氣摻著幾分冷意。

「不、不知道欸。」樂芙尷尬地笑笑。

「因爲弟弟是我們楊家唯一的希望，是媽媽能堅持到病逝的唯一原因，是繼承我父母智慧與才能的唯一……唯一一個。從小到大用了全家的資源培養，弟弟也不負眾望，很努力地讀書，沒有浪費掉半點天賦，成功考上國建中學，全國第一的名校。」

必安說到這，神色多出許多暖意，「當時我媽臥病在床，得知這消息時，甚至欣喜地站了起來。」

「眞厲害……」樂芙點點頭。

「我也是到那時候才知道，原來，媽媽是會笑的。」

「安安……這豈不是代表……」

「我媽在臨終前，幾乎是用商量而不是命令的口吻告訴我，每個成功的男人背後都有個女人，女人就是爲了支持男人而存在的……我懂，對很多人來說，這種價值觀早就過時，可是她要我盡一切的力量去培養弟弟，讓弟弟成爲成功的男人，像這種存在於血緣關係的支持，是永遠不會過時的。」

「感覺妳，壓力很大欸。」

「我就是負責開早餐店賺錢而已，弟弟的壓力比我大多了。」必安搖搖頭。

「啊……的確是。」樂芙的話中有話。

「所以說，妳不准對我弟有任何意思，別在瀕臨學測之際害他分心。」

「不過，妳也知道感情……這種事很難控制。」

「開除。」

「咦咦咦，哪有這樣子的！」

「開除。」

「單純的暗戀也不行嗎？」

「開除。」

「好，我討厭穩穩，最討厭了，這樣可以了吧？」

「開除。」

「喂，妳太過分囉。」樂芙鼓起雙頰，雙手抱胸，嗔道：「妳這種性格難怪沒有半個朋友，開學到現在，除了我之外，有誰願意跟妳說話，成日凶巴巴的板著一張臉，出口成髒、夾槍帶棍，討厭死了。」

「妳在我弟面前，就只能當一團空氣，不能喜歡他也不能討厭他，因爲這些都會引起他的注意，懂？」必安沒有動搖。

「這樣對穩穩來說……眞的好嗎？」

「媽媽是如此培養他的，所以我也是，他現在可能會不爽，但未來會感激我們的。」

必安再看一眼手機，還是沒有收到任何訊息，隱約覺得不太對勁，打開爲數不多的聯絡人清單，選擇特別標註的弟弟，想瞭解目前是不是有發生什麼特別的狀況，手機放在耳邊，聽著漫長的嘟嘟聲，獨自走上樓梯，回到二樓不對外開放的家。

「喂？怎麼那麼慢，是不是出什麼問題？」她的語速還是莫名加快了。

「錢給了，非常順利，我現在要回去。」必穩爽朗地回答。

□

假日的ＫＴＶ，很多的年輕人在大廳排隊等包廂。

必穩常被笑說是書呆子，但ＫＴＶ這種娛樂場所還是來過幾次，隨行的大昆更別說了，高中時代就過度混跡於聲色場所，才會在人人有大學讀的國家名落孫山，被開砂石場的伯父痛罵一頓之後，送到重考班進行再教育，可惜目前的成績依舊絲毫沒有起色，反倒是玩得更囟，認識許多三教九流的人物。

他們來到櫃檯前，大昆打了一聲招呼，便熟門熟路地帶必穩進到電梯。

一時之間，光線被隔絕在外頭，視線變得有些暈黃，彷彿準備進入一個不同的世界。

這回見的不是普通人物……不，應該說金四角的人就不可能是普通人物，大昆的心臟一直停不下來，要與傳說中經營藥與殺手的組織碰面，爲此，他動用了不少關係。

畢竟對於夜店發生的事，他是抱著極度內疚的心情，怪自己見色忘友，中途就帶妹子去汽車旅館，使必穩獨自應對藥頭妹，導致後面不幸引發許多麻煩。

電梯在緩緩向上……

大昆提醒道：「不用太緊張，等等的流程很簡單，進去包廂道完歉後，就由我來跟對方談，估計就是賠錢了事，沒什麼問題的。」

「我知道。」必穩淡淡地說。

「你大概不清楚，金四角不是一般的幫派……他們、他們，馬的都是瘋子，谷歌就能查到一堆新聞案件，膽子很大，連警察都殺過幾次，所以等等你就表現出歉意就好，其餘的都不要多做。」

「嗯嗯。」

「連我堂哥都勸我不要跟他們有糾葛，你一定要記得敬而遠之。」

「懂啦。」

叮一聲，電梯到達指定樓層，門開了，眼前是一片更昏暗的黃光，必穩到這個時刻眞正地緊張起來。

各包廂的歡唱穿過隔音門之後，形成一種無法辨認的混濁聲響，在耳邊重重疊疊、嗡嗡嗡嗡……宛若一個無比巨大的蜂巢，有無數的蜜蜂在振翅。

他跟在大昆後頭，路過一個又一個包廂，忍不住好奇裡面是怎樣的聚會，但沒有機會停下腳步窺視，來滿足自己奇怪的好奇心。

沒多久，他們到達約定的房間，大昆恭敬地敲敲門，聽見裡面熱情地呼喚，才禮貌地用兩手轉開門把，對待這個門的動作估計比國中畢業典禮與校長握手時還尊敬。

必穩笑了出來，不過一進去包廂，笑意瞬間蕩然無存……

十人用的大包廂，只坐著三個人。

「鬼哥，你好，我是忠信的堂弟，叫我大昆就可以。」

「知道、知道，幹，我跟忠信什麼交情，你需要這麼拘束嗎？過來，先喝。」

「這位是我朋友，叫作必穩。」

「來，也喝。」

「……」必穩陷入深深的困惑。

U字型的沙發，中央包圍著一張長桌，坐在正中間打著赤膊的男人必然是鬼哥，鬼哥的左手攬著一名神色緊張的女人，必穩認得出來是燦燦，而右手邊的女人便全然陌生了，她似乎也沒看見有人進來，專注地用一張信用卡，撥著化妝鏡上的白色粉末，將原本一座白色小山，切割成五條長長的白線，渾然不覺身上的平口洋裝，早已經滑落到肚子，如果不計黏住胸部的NuBra，其實跟赤裸也沒有多大的差別。

長桌乍看之下，是沒什麼問題，三本重疊擺放的歌本，六支無線麥克風，兩盤水果拼盤，無法精準數出有幾罐的威士忌……但必穩看得更仔細之後，在歌本與水果拼盤中間有一袋鈔票，以及一盒滿滿的毒品，就這樣大剌剌地敞開盒蓋，絲毫不在意會不會有服務生進來。

囂張，這是必穩對鬼哥最直接的印象。

原來這個社會，有些地方真的沒有法律。

大昆與必穩端著酒杯，乖乖地一口飲盡，一個常喝，直說好酒，一個沒喝過高濃度酒精的飲品，辣得不斷咳嗽，現場的氣氛變得很滑稽。

「你，就是拿走貨的人？」鬼哥頗有興致地問。

必穩想解釋當天的狀況，是自己被硬塞了毒品，到警局驗尿時不得不沖掉，不過站一旁的大昆完全沒給他任何開口的機會，非常老練地接過鬼哥的提問。

「對，必穩是第一次到夜店玩，一看到臨檢就慌了，才有後面這麼多誤會，所以我們是眞心眞意來跟鬼哥道歉。」

「道歉……這基本的東西不用再特別提吧。」

「當然，規矩我們懂，鬼哥的貨就當我們買了。」

「喔喔，好，先跟你說聲謝謝惠顧啦。」

「哈哈哈，鬼哥眞會說笑。」大昆從外套內袋拿出一包鼓鼓的信封，壓在雙手下，放在長桌上，「這是五萬，必穩的歉意。」

「……五萬？」鬼哥的左手原本就攬著燦燦，剛好可以輕鬆地伸進她的深V洋裝揉捏，享受整團柔嫩的觸感，「欸，我記得當初交給妳的貨是全裝滿的，對不對？」

燦燦忍著胸部傳來的痛楚，歉然地偷瞄必穩一眼，喏喏地說：「是、是的。」

大昆是老經驗了，明白對方在耍什麼花招，牛仔褲的褲襠就這麼大，是能塞多少貨進去？現在擺明就是要趁機勒索而已。然而，金四角想要這麼幹，就可以這麼幹，除了很沒有道義外，也沒有人能拿他們怎麼樣。

「原來是這樣子啊，抱歉，我們等等再去提款。」

「沒事、沒事，區區三十萬的貨，根本不算什麼，看在忠信的面子上，一定要給你們打個折，不然……就二十萬吧，對折跳樓大拍賣！」鬼哥高興地抱住了燦燦，心情相當不錯。

即便是國小的學生都知道，三十萬的對折應該是十五萬，大昆卻別無選擇地說：「謝謝鬼哥高抬貴手。」

「好了，我不想再談正事了，難得來一趟KTV，就是要唱給他開心，麥克風發下去，唱一首來聽聽，如果唱得好，就賞你們幾塊水果吃，呵呵。」

大昆與必穩各自拿一支麥克風，面面相覷，萬分尷尬，現在這種氣氛還得表演唱歌，如同音樂課時被老師點名強迫上台，根本感受不到一分歡唱的快樂，只有徹徹底底的羞辱。

宛若馬戲團的猴子，必須表演給觀眾看，否則就會被鞭打一樣。

暗中發了第七次誓，這輩子絕對不要再和金四角扯上任何關係，大昆死死地咬緊牙根，翻著歌本尋找最短的歌曲，讓自己被羞辱的時間盡量減到最短。

什麼都沒聽見，彷彿鬼哥跟自己沒半點關係，必穩依舊是站在原地，用不經意的視線觀察著燦燦，第一次體會到，原來被玩弄在鼓掌之間的女人，會出現這麼可悲的表情，那種想哭又不敢哭出來的樣子，實在是太悲哀了。

「對了，所以當天在夜店，是你跟燦燦在一起玩吧？」

大昆心頭咯噔一聲，後背沁出整片冷汗，只要扯到女人歸屬的問題，狀況會變得可大可小，要是鬼哥吼出一句「你敢讓我戴綠帽」，當場掏槍出來也不算反應過度，當然他也是有可能哈哈笑道「兄弟如手足，女人如衣服」，然後大家跟著笑幾聲帶過，沒事。

全依心情。

怕鬼哥會借題發揮，他乾脆直接敞開來問：「是新的嫂子嗎？怎麼沒聽忠信說過。」

「你說燦燦嗎？」

「對。」

「不是啦，幹，你眼殘喔。」鬼哥抓得更加用力，藉此表達心中的不滿。

燦燦吃痛，忍不住嚶了一聲，雙眸鋪上了水霧。

「她喔，嗯……頂多算是我的飛機杯吧，有溫度的款式。」

聽到鬼哥這樣說，大昆飽受煎熬的心，總算是放下一塊沉重的巨石，飛機杯不算是女人，甚至根本不算人，所以就不會再延伸出更多麻煩。當然對於女人來說是徹底的輕視與折辱，燦燦可憐兮兮的模樣著實很令人同情，但自己要經不起誘惑碰毒，就應該接受身心都被控制的後果。

「可是……」鬼哥忽然說：「我的飛機杯，也不能隨隨便便就拿去用吧。」

「這……」大昆無話可說，顯然是二十萬不夠。

「不要以爲我是在唬爛欸，幹，我說眞的。」

「我們沒有不信的意思……只不過像這樣的……」

「我證明給你們看。」

鬼哥猛力地扯破燦燦的洋裝，包廂中立刻再多出一位半裸的女人，即便她一邊流著眼淚、一邊用瘦弱的雙臂遮掩，試圖維繫一丁點最後的尊嚴，卻沒有半點意義，布料就跟自尊一樣被人狠狠地扯開，踐踏成再也無法復原的粉末。

「不要遮，給他們瞧瞧妳胸口上的刺青……喂，大昆，看到了吧？唸唸這是什麼字。」

「……」

「大聲。」

「是『鬼』字。」

「對嘛，我的飛機杯，上頭自然有我的簽名。」鬼哥放掉燦燦無力的手臂，義正辭嚴地說：「沒經過我同意拿去用，ＯＫ，大家兄弟一場沒關係，但是好歹要付一些清潔費吧？」

必穩面無表情地走過去，抓起水果拼盤就往鬼哥的頭砸下去。

超乎所有人的預想，眼前這個安安靜靜的男人，事前沒有任何的徵兆，直接暴起傷人。

現場的液晶螢幕響起名曲〈憨人〉的伴奏，可是點歌的大昆沒有唱，目瞪口呆地看著這一幕，懷疑自己是不是酒喝多了，才會產生堪比是惡夢的幻覺。

就連鬼哥也在懷疑是不是藥加酒的效果太強，但旁邊的燦燦扯開嗓子尖叫，臉部的劇痛猛然傳來，恍惚的神智不得不清醒，想要反擊、想要掙扎，問題是自己坐著，對方站著，單腳膝蓋壓制在自己的胸膛，左手按住下巴，整張臉動彈不得……

「你這種人渣就該去死。」必穩的右手握緊無線麥克風，搥在鬼哥的鼻尖。

鼻血噴濺而出。

鬼哥破口大罵。

再搥下去。

鬼哥的雙手死命地亂揮。

再搥下去。

鬼哥的雙腳無目標地亂踢。

歌曲的伴奏來到最精采的副歌階段。

再搥下去。

再搥下去。

再搥下去。

再搥下去。

再搥下去。

血，濺開。

鬼哥的四肢慢慢地沉了下來，嘴巴只剩下血泡破掉的啵啵聲，整張臉血肉模糊，已經沒有早先意氣風發的樣子，赤裸的上半身如一張畫布，凌亂的紅色線條與狂放的紅色斑點，在上頭構成一幅凶殘的畫作。

曲終，即將人散……

「幹！你到底在做什麼啊！」大昆的尖聲，猶如被鬼故事嚇到的稚嫩女童。

「敗類，欠揍。」必穩扔開快斷裂的麥克風，抹掉臉頰上的髒血。

「我、我不管你了，再來就是你家的事，幹。」大昆連滾帶爬地走了。

燦燦縮在一旁，乾瘦的身子瑟瑟發抖，滿腦子只想吸毒，趕緊強迫思緒放空，盡快脫離這樣的慘況，而另一名女人是已經吸茫了，完全搞不清楚狀況，呆呆地坐在原位傻笑，彷彿眼前所見不過是心底期望的投射，不是事實，單純是極爲眞實的幻象罷了。

手機忽然響起，在最不適宜的時間。

必穩若無其事地接通，畢竟姊姊的電話不能不接。

「喂？怎麼那麼慢，是不是出什麼問題？」

「錢給了，非常順利，我現在要回去。」必穩爽朗地回答，拿起桌上那疊鈔票，從裡頭抽出了兩千元，隨手扔給了鬼哥。

鈔票沒有落地，黏在了鬼哥的臉上，染成紅色。

□

必安去買了中餐，連弟弟的，兩個便當。

她彎下腰，穿過鐵捲門下方的窄縫，回到自己開的早餐店。

睡超過十二小時的大傻醒了，仍坐在床墊上，堵住早餐店唯一的走道，神情一半茫然、一半畏懼，似乎還沒有從拳腳交加的場景中走出來。

他強忍著從全身上下而來的痛楚，即便是已經包紮、上藥，痛覺也沒有任何減少，無助地低下頭，發現蓋在雙腿的涼被，便趕緊抱在胸前，透過這個動作讓自己安心點。

下午一點，必安習慣性地看一眼牆上的鐘，樂芙不在，弟弟在回家途中，孤單的午餐時間。

她走過去，原本想趁機敲大傻的後腦，不過那層層包覆的繃帶使她縮了手，隨便找一張椅子坐下，雙腳交疊在一塊，沒好氣地開口。

「我是不是警告過你，別賴在我家不走？」

「……」大傻想當作沒聽見。

「是不是？」

「是……」

「現在被揍成這副豬樣，可以說是現世報吧，這樣說起來我還得感激這些凶手，就算我的店門被砸爛了，但是至少讓你吃點苦頭，看以後還敢不敢死不要臉地窩在這。」

「我不讓他們……弄壞……」

「弄壞就弄壞啊，你的腦袋沒受傷的原因就是因爲裡面空無一物吧，對方這麼多人圍過來，你居然不會跑？那奇怪了，我要踢你的時候怎麼又跑得這麼快？」必安抬起修長的右腿，「來，你的頭過來，看我會不會踢斷你這顆爛頭，反正你的腦殼內也是空的，剛好讓我裝飼料去餵暗巷的流浪貓吧。」

大傻畏懼地縮了縮腦袋。

「別裝出一副可憐兮兮的模樣，我可沒拜託你做任何事，外面的桌椅、盆栽，乃至於鐵捲門，早就想整套換掉了，結果就你這蠢蛋在那邊逞英雄，被揍了我還得替你療傷，簡直是莫名其妙，平白無故多出一大堆麻煩。」

「這裡很好，不可以破壞。」

「你來了之後就不好了啦，我可以給你一個建議嗎？」

「……建議？」大傻搔搔頭頂，沒被繃帶綁住的地方。

「下次你又想逞英雄的時候，請更加勇敢一點，看能不能直接壯烈犧牲，行嗎？方便我隔天叫垃圾車來收。雖然常說身體髮膚受之父母，但你就特別，與正常人不太一樣，所以跟著垃圾一起進焚化爐燒一燒，也是相當合理的吧。」必安冷冷地笑了。

大傻笨歸笨，可是任何人都不會希望自己的最終歸宿是垃圾掩埋場，於是他撇過頭去表示無聲的抗議。

必安將整袋便當拋過去，大傻用眼角餘光瞄到，立即靈敏地接住。

「吃飽之後，給我乖乖躺好睡覺，傷口養好，馬上滾蛋。」

「這是雞腿……這是排骨……」大傻根本沒聽見恐嚇，只是認真地判斷兩份便當的主菜，猶豫片刻之後說：「我喜歡雞腿。」

「等等，我弟也喜歡雞腿，放下。」必安很掃興。

大傻並沒有再堅持，乖乖地打開竹筷，捧著排骨便當吃了起來，似乎很習慣席地而坐的吃飯姿勢，大口大口地將飯扒進嘴巴，粗枝大葉的動作導致飯粒落於大腿，發現後再若無其事地捏起吃掉，吃得非常香甜，吃到忍不住呵呵幾聲。

必安的手扶著額，清澈的雙眸一直注視著大傻，見一個便當就能讓一個人幸福洋溢，不免羨慕起他與天俱來的特質，慢慢地，繃緊的臉蛋逐漸放鬆下來，淡淡地問：

「你的家人呢？」

「不、不見了。」

「是遺棄你，還是死了？」

「……」大傻的筷子停頓了頓，艱難地說：「不見了。」

「剛好，我的父母也不見了。」

「……」

「比較幸運的是，我還有弟弟。」

「有蛋餅。」

「是弟弟。」

「蛋餅。」

「弟弟。」

「蛋餅。」大傻像惡作劇成功的孩子，哈哈笑了幾聲，飯粒這次噴到地上。

「你好幼稚。」必安嘖一聲。

大傻也不反駁，捏起地板的飯粒，就準備往嘴……

「給我住手。」必安指著他的臉。

「嗯？」

「扔掉。」

「可是、可是這好吃……」

「扔掉，我不說第三次。」

「喔……」大傻把飯粒向上一彈，揚起頭，張大嘴，成功吃回肚子裡。

當他正要得意洋洋之際，赫然發現必安已經用更快的速度來到旁邊，一把捏住最柔軟的右耳，以挫骨揚灰之勢，狠狠地旋轉一圈半，當場爆起宛若殺豬般的尖叫。

「痛死、痛死了，對不起對不起對不起。」

「我的地盤，不過是店面、二樓、地下室，但在這小小的範圍中，眞的沒有人敢無視我的話。」

「要掉下來，耳朵眞的、眞的要掉下來了。」

「地板這麼髒，你把病菌吃進肚子，萬一又生什麼病，是不是又要賴得更久？」

「不會的，我不會生病，不會……」

「告訴你，別以爲養傷期間，就能給我白吃白喝，今日起，我不想看見一向以清潔著稱的早餐店出現蟑螂或老鼠，你要把牠們當成殺父仇人看待，只要看見就是你死我活，懂了嗎？」

「懂了，眞的懂了啦。」

「否則我就會把牠們放進油鍋裡炸一炸，然後沾一沾我們祖傳的辣椒醬，硬生生地扳開你的嘴巴，慢慢地塞進去，讓味蕾好好享受這絕妙的滋味。」

「不想吃，不要吃蟑螂，不要吃老鼠。」大傻的雙手合十，像在求饒。

「另外，住在這的期間，二樓不准去，地下室也不准去。」必安放開無辜的耳朵。

「懂的、懂了……」

大傻搓了搓痛處，等到疼痛消退，才不甘地拿起筷子繼續吃飯，畏畏縮縮的眼睛時不時偷看著必安，但這樣的動作太明顯了，必安當然一清二楚。

收留大傻是左右爲難的決定，無論是哪一種工作都得暫時停擺，相信不用多久，壓力就會湧過來。

然而趕走大傻，這滿身的傷勢必會引起警察注意，後續不知道會扯出多少麻煩……

「渴。」大傻指了指汽水機。

「……」

「很渴。」

「嘖。」必安取了紙杯，順便拿一支給客人點餐的筆，「這個杯子，要重複使用，畢竟一個要零點六元。」

「好。」

「你叫什麼名字？」

「我……我是大傻。」

「我是說眞正的名字。」

「大傻……」

「眞不愧是個傻蛋。」必安用自己好看的字體在杯子上面寫下大傻兩字，「從現在開始這就是你的專用杯，你要好好愛護它，像女朋友一樣，懂嗎？」

大傻接過紙杯，凝視著上頭的兩個字，然後呵呵地笑了起來，好像得到了什麼獨特的寶物，愛不釋手地擺在自己的頭頂上，輕巧地維持平衡沒有讓它掉下來。

整個過程就像是個天眞無邪的孩子，爲了玩，甚至忘記了口渴，也忘記了剛剛耳朵被捏得紅腫，在這一瞬間，痛苦的過去都過去了，只有現在。

必安深深地嘆口氣，不願意再煩惱大傻產生的問題。

她默默地走向樓梯，想打電話確認弟弟目前的狀況……

腳才剛踩上第一格階梯，鐵捲門就被人打開了，外頭的陽光隨著馬達運作的咔咔聲一整片照射了進來，必安的修長雙眼瞇起，弟弟還是那個熟悉的弟弟，不過身邊爲什麼多出了一個女孩……不對不對，弟弟也不是那個熟悉的弟弟！

「……爲什麼你身上有血跡？」

「沒事，這不是我的血。」

「什麼叫作沒事啊！」

「就眞的沒事呀。」

「她是誰？」

「這個嘛……」必穩跟燦燦互看了一眼。

「你有沒有搞清楚目前的狀況？她到底是誰？」必安的腦袋已經亂成一團。

「女朋友……」

「……」

「是我的女朋友啦。」

「什、什麼……」

一名錯愕的姊姊，張大了嘴巴，昏天暗地，天崩地裂。

整個世界被這短短一句話搗毀。

□

一張桌，兩個人，擺著兩個紙杯。

一個紙杯有名字，另一個沒有。

一個人的身子刺有名字，另一個沒有。

他們的杯子內都裝著可樂，但他們之間唯有靜默，能聽見啵啵啵的氣泡聲與來自二樓的爭吵。

燦燦覺得很奇怪，眼前的男人年紀輕輕，怎麼會包得像個木乃伊……不不不，眼前的一切都很奇怪，這家早餐店很奇怪，正在樓上咆哮的女人很奇怪，就連把自己帶回來的男人也很奇怪。

猶如神明與惡魔雜交生出的鬼哥，原本是高高在上、俯視眾生的人物，居然會昏厥於血泊之間，太奇怪了，真的太奇怪，奇怪到她雙腿的顫抖依舊沒減緩。

大傻似乎沒覺得有什麼不對，甚至想上樓梯去偷聽是不是有罵到自己，然而，根本就沒必要，目前的罵聲已經大到蓋不住……

「你就這樣將金四角的幹部揍到失去意識？你是豬嗎？你就不能考慮一下嚴重性嗎？」必安快瘋了。

「是他的態度真的太過分，這種禍害整個社會的敗類，受點教訓也是剛好而已。」必穩依然無所謂。

他坐在床邊，雙手夾在雙腿中，刻意不去看盛怒的姊姊。

在離弟弟一步之遙的她，一想到能用錢輕鬆解決的事，成了不可收拾的麻煩，氣得握拳的雙手在抽搐，恨不得將整個家給砸爛掉。

「你到底還要闖下多少禍才甘願，一直以來我跟媽媽在背後替你收拾殘局難道還不夠累嗎？國中二年級開學的第三天，你就在廁所打了三年級的學長，搞得全校議論紛紛，還給你一個綽號叫作瘋子，這段期間你揍過的人不計其數，我根本就懶得去計算了，結果沒想到國中畢業那一天，居然把校長的車砸個稀巴爛，你知道我們家要賠多少錢嗎？」

「他們都是壞人，妳知道的。」

「我知道個屁，小屁孩間的鬥毆，我就不管了，難道校長也是壞人？」

「他對我們班的班長毛手毛腳。」

「你有什麼證據？」

「……」

「根本沒有對不對？」必安氣極反笑，「當初校長是看在你為校爭光、考上第一志願的分上，勉為其難地輕輕放過，否則你還有辦法順利去讀高中嗎？」

「怎麼不說是他心虛。」必穩倔強地說。

「那也輪不到你來管。之後你考進國建中學，發現這個學校的學生都在忙著讀書，沒有人願意浪費時間在那邊逞凶鬥狠，你就開始把觸角伸向校外，在外頭惹是生非，一下子無照駕駛被逮、一下子深夜流連街頭被抓，白白糟蹋你的天賦，讓所有人感到失望，最後學測考爛了，現在同學個個升上大二，你呢？還在重考班。」

「我只是……需要喘口氣。」

「喘口氣？你把讀書這麼幸福的事當成受罪，我是恨不得擁有你的腦袋，就不會被媽媽省略掉，得等她過世才能去讀夜間部。」

「或許妳不信，但我也很羨慕妳。」

「別再說這種會激怒我的話。」

「嗯，抱歉。」

必安咬著唇，努力地克制著情緒，沉聲問：「金四角的事你不要再插手……還有，樓下的女人該怎麼辦？」

「成年男子帶女朋友回家是很正常的事。」必穩淡淡地說。

「讓、她、滾。」

「……」

「你是眞不信我會動手揍人是不是？」

「……」

「楊必穩！」

「姊，妳是眞的很疼我。」

「別跟我扯這些。」

「唯獨這次，我沒辦法聽妳的，對不起。」必穩抬起頭，存於五官的是眞心眞意的道歉。

必安當然懂弟弟眞實的想法，然而就是因爲懂，失望之情更重，怒道：「你以爲這樣做，會是什麼値得表揚的正義之舉嗎？」

「……」

「你就是假借正義之名在闖禍，縱容自己無法無天的脾氣而已。」

「我不覺得是正義，我只是單純想這樣做。」

「我也只是單純想這樣做。」必安一巴掌搧在弟弟臉上。

必穩的臉歪向一邊，斯文的七三分髮型亂了，短短的一瞬間，劉海在整片揚起再墜落的過程中，一對姊弟在同時間受傷。

沒有等待，下一個巴掌揮了過去，下一個巴掌揮了過去，下一個巴掌揮了過去，必安冷冷地說：「怎麼不來打我？來打啊，來揍死我啊，你的脾氣不是很大嗎？」

「我這輩子都不可能傷害妳。」必穩的嘴唇滲出血，說出一個絕對不會改變的事實。

「你現在惹的禍還不算傷害？告訴你，樓下的藥頭妹是他們的人，本身就不是什麼好東西，今天出了這麼大的問題是由你們而起，如果不把人家原封不動地還回去，後面就不是用錢可以擺平的。」

「燦燦是個可憐人，不是東西。」

「別跟我玩文字遊戲，千萬別忘記，我有一個正常的工作，你有重考班的課要上，我們各自有各自的目標，對方是成日無所事事的社會毒瘤，難道你想浪費這麼多精力去對付嗎？身爲考生就該好好讀書，其他人多可憐都不關你屁事。」

「姊，就這一次。」必穩幾乎是在懇求。

「你是帶個毒蟲回家，不是貓、狗，就沒考慮過後果嗎？」必安失望至極。

這輩子只要是弟弟提出的要求，原則上她沒有拒絕過，不過現在的狀況已經沒有不拒絕的空間了，金四角會用最快的速度找上門來尋仇，上一次是幾根鐵棍，這一次可能就是汽油與打火機，萬一不在事態失控前處理妥當，再來就會見到開山刀與九零手槍，而且，未必是來自金四角。

「我們可以報警。」必穩認眞地說。

「你還是不懂，我的爲難……」必安是眞的爲難。

她有將弟弟跟藥頭妹一起趕出去的衝動，然而他們一旦在外頭亂跑，估計兩人的屍體很快就會在屋後的大排水溝中沉浮。

假設讓他們留在家裡，那薄薄的鐵捲門，能擋得住多久的攻勢？至於姊弟一起棄家逃亡更是連想都不能想的事，一身揹滿包袱、舉步維艱的感受，徹徹底底地展現在她的表情。

需要逃難，但是不能離家。

需要保護，但是不能報警。

更別說樓下還有一個傻子與一條女毒蟲……她只能無意識地在房內移動，衡量自己的決定在未來會產生怎樣的結果，計算可能出現的損傷再判斷是不是承受得起，如果將最重要的事物做一個數值排行，弟弟一定擁有最高的加權係數，以此爲原則下去思考，答案會變得格外清楚。

「媽媽不是說過……眞的有什麼困難可以找舅舅嗎。」必穩打起精神，建議道：「我們可以到舅舅那躲幾天，等到風波過去再說。」

「閉嘴！」必安吼了出來。

此時，擺在口袋的手機響起，她十分厭惡地拿出，原本想狠狠地砸在桌面上，不過良好的視力一瞧見來電通知顯示「司機」兩字，高高舉起的手不得不停滯在半空，瞪了弟弟一眼，警告其不許有任何的妄動，便獨自走進浴室，關門，接通。

「喂，早餐店？」對方是粗獷的男音。

必安不耐地說：「我在聽。」

「後天，凌晨一點半，妳的貨到了。」

「我不是說過近期都不進貨嗎？」

「那些食材堆在我這會壞掉。」

「關我什麼事？」

「這是老闆的指示，等到後天已經是最大的寬容。」

「他到底知不知道我目前的狀況？」

「什麼狀況？」

必安一時語塞，想起金四角方面的麻煩不可告人，頓了頓，說：「我沒辦法說清楚。」

「妳不用說，反正老闆就算知道也不在意。」

「……」

「總之，後天。」

司機冷冷地掛掉電話。

必安一拳敲在門板，仰天長嘆一聲，便咬緊牙根地衝出廁所，一路從樓梯往下。

「大傻，過來，我們來煎蛋餅。」

□

當鬼哥在一間無牌診所甦醒時，還一臉迷惘，連講話都不太清楚，等包廂內的回憶漸漸復甦，恨意就像小小的火苗點燃了，憶起必穩壓制自己的動作，手持麥克風像是在教訓不乖的畜生時，火苗已成焰，熊熊地燃燒著，最後在自己即將昏迷之際，必穩扔了鈔票過來，那瞬間的輕蔑眼神，彷彿在看著水溝裡的蟑螂，連一腳踩死都怕弄髒鞋底。

在他的胸腔裡，已經燃成森林大火。

旁邊圍著幾名小弟有點緊張，鬼哥在金四角算是等級不低的人物，如今不知道是被哪個敵對幫派的人下手，自己或多或少有保護不周的責任，如果追究起來的話，恐怕會有幾根手指頭不保。

就算當初是鬼哥信誓旦旦地帶著兩個妹子去唱ＫＴＶ，嫌男人太多礙事，拒絕了一切的保護，可如今出事了，上頭的大人物可能不會管這麼多，該追究的責任還是會追究。

道上新一代最囂狂的人物，何曾以這麼淒慘的樣貌示人，在小弟們眼中，鬼哥是有嚴重的情緒問題沒錯，但從不吝嗇，該分的錢、藥、女人應有盡有，同仇敵愾之情在燈光昏暗的診所中特別濃郁。

「鬼哥，到底是誰幹的？我們不操了他們幾個堂，就把兩隻手砍下來給你！」

「早、早餐店……」鬼哥連說話都感到疼痛。

「早餐店？你說那家早餐店？」

「找到大昆，找到那個小子……幹掉他們。」

「是。」

鬼哥的意思很簡單，這種糗事不想外傳也不想上報，只要那兩個渾球死一死，其餘的都不重要，要用什麼手段都可以。

他們私底下商量好，不想用太隱密的方式，找兩輛廂型車，裡面塞滿十二個人，不用囉嗦，衝進去早餐店逢人就砍，屍體、血跡也不需要隱藏，反正金四角的報復不必低調。

先殺再說，說做就做。

一行人浩浩蕩蕩，特地選一個闔家歡樂的晚間七點半，廂型車並排停在早餐店對向車道，殺氣騰騰的小弟們手持長、短刀，還來不及下車，隔著黑色的車窗就發現狀況不太對勁……

早該關門的早餐店燈火通明，宛若在對任何人說歡迎光臨。

店內有男有女，可是皆穿著相同的制服。

「幹，不要下車，他們報警了，我們先走。」

無論如何，金四角尚未有一次砍死一群警察的勇氣與準備，要全面與警方宣戰，即便是鬼哥也不到這種層級，目前小弟們只能悻悻然地撤退。

另一邊。

視力很好的必安確認兩輛廂型車駛走，鬆口氣之餘，還是得面對店內的困境……

一群熱心助人、關懷鄉里的警察。

「好吃欸。」

「大傻的蛋餅眞的香。」

「該不會大傻是烹飪天才吧。」

「眞是神奇。」

「我就沒想過蛋餅可以這麼好吃。」

「呵呵。」飄飄然的大傻一貫地傻笑。

必安翻著一對大白眼，有點不知道該怎麼收拾。

原本店內給客人坐的桌椅，現在坐的全是警察，人手端著一個小盤子，上頭熱騰騰的蛋餅還在冒煙，不約而同大呼小叫著，如果旁人不知道，會以爲台灣的警員連飯都吃不飽，才會將一塊平凡至極的蛋餅，吃得像是滿漢全席。

王巡佐，就是當天來的男警，顯然眞的很照顧大傻，必安這一個死馬當作活馬醫的計畫，收到了超乎想像的效果。

希望有一群警察坐鎭，但又不能報警，最快的方法就是透過大傻巧立名目，果不其然，辛苦一天本該下班回家的警察們，聽見王巡佐的號召，跑來了名不見經傳的早餐店，吃著不怎麼樣的蛋餅，說著言不由衷的讚美。

不過，大傻是眞的很開心。

「原本大傻跟我說自己找到工作的時候，我還不太相信，沒想到社會上還是有好人的。」王巡佐喜笑顏開。

「就是一份工作而已。」必安淡淡地說。

「老闆，妳年紀輕輕，卻願意放下身段，手把手教會大傻，還聘請比較弱勢的大傻當自己的員工，這份善心，我真心敬佩。」王巡佐在社會上混得太久，敬酒的壞習慣改不過來，沒發現手中端的是果汁。

「沒事，我本來就需要苦力。」

「哈哈哈，老闆好幽默。」王巡佐拍了拍大傻的肩膀，突然好奇地問：「但，這臉上的傷究竟是怎麼回事？」

「……」必安的臉一沉。

「……」大傻也不敢講話，因爲他早就被警告過了。

「是我打的。」必安穿著圍裙，站在煎台前，說得理所當然。

「未免太嚴重……」王巡佐像專業的驗傷專家，研究許久，忽然哈哈大笑道：「不過，死好啦，哈哈哈，教不會就該打啊。」

其餘的警察見到大傻的衰樣，紛紛捧腹哄笑起來。

唯獨必安沒有笑，依然專心地煎著漢堡肉，希望讓場面不至於太寒酸。

「要不要吃個漢堡？」

「漢、漢堡，喔喔，不用了。」王巡佐連忙婉拒，感激道：「老闆不要忙，妳幫我們警方大忙，收容這區最大的亂源，就已然是功德無量，讓大傻有個地方可以待，不會整天在那邊搗亂，害我們常常疲於奔命。」

「不會。」必安剷起半熟的漢堡肉，扔到腳邊的垃圾桶，熄了火。

店外的騎樓，同樣的空間，不同的世界線。

愛神與窮神注視著店內的一切，一神欣喜地拍拍手、一神錯愕地垮下臉。

對比起早餐店的明亮通透，騎樓倒是陰暗得格外死寂，小茱本身就像冤死鬼的臉蛋更加陰鬱，低光源的場景簡直就是專屬的個人主場，不過凝重的表情並不是沒有原因，她也不是天生就愛擺出這張死人臉，而是眼前的一切著實太過可疑了。

正如樂芙之前的宣告，她真的是深入調查過這個案子，可問題就是太過深入，變得非常詭譎難料。

更可疑的是阿爺的態度，依他如豺狼般的嗅覺，往往會在狩獵者攻擊之後，緊接著發動自己的攻勢，簡單來說便是在別人的計畫中暗藏自己的盤算。

結果呢？阿爺根本是唯恐避之不及。

這家早餐店絕對不是一般的早餐店，樂芙對待這個案子的態度亦非一般。

「必安、必穩究竟是什麼人？」小茱忍不住問。

「一般的姊弟，沒什麼特別的。」

「……」

「眞的啦。」

「這次的麻煩還沒過去，是妳一手造成的。」

「不是喔，我這回學乖了，在某個決定性的因素出現前，我是不會輕易綁上紅線的。」

「什麼因素？」

「祕密。」樂芙媚眼如絲地笑了笑，「商業機密，恕不外傳。」

小茱愣住幾秒，彷彿想起了什麼，豁然回頭，死死盯著，一再確認，這位愛神的雙眸。

她倒抽了一口冷氣，總算明白了。

這叫狂熱。

□

聽著樓下熱鬧的聚會，樓上顯得特別寂靜。

燦燦坐在陌生的床鋪，身上是不合尺寸的衣衫，貼身的內衣還在後陽台曬，裡頭雖然空空如也，她卻沒有感到不適應，也沒有感到危險性，畢竟身邊的男人實在太過正直了，正直到不得不懷疑腦袋是不是有問題。

從國中輟學開始，就一直在社會最陰暗的角落生存，見到的事是不堪的，見到的人是自私的，見到的世界是沒有任何光明的，完全無法想像，會有個男人爲了自己被欺負，直接跟金四角宣戰，而且事後不見半點懊悔，沒有賞自己一巴掌，怒罵「就是被妳這個臭婊子害死」。

老實說，燦燦知道自己就是個笨蛋，從小到大接近自己的男人有八成是爲了美色，另外兩成是爲了錢，就這樣，不存在其他的可能，所以她眞的想不透就讀明星學校、家世清白無污點的人到底是圖自己什麼。

她很笨，向來是選最笨的方式，直接問：「你是不是想做?可以直接跟我說沒關係的。」

「做什麼？」必穩即便是困惑，快擠成一團的眉依然沒鬆開。

「愛。」

燦燦根本不會問「你是不是喜歡我」，因爲她很有自知之明，這種前途一片光明的男人不可能看得起活在陰溝的女人。

坐在同一張舒服的軟床，只餘朦朧的旖旎光線，彼此近到能感受到對方的體溫，必穩緩緩地賞了燦燦一個白眼，很刻意地挪動屁股，拉開一段「請不要靠近」的距離。

「我給姊姊惹了這麼大的麻煩，哪有心情談這種事，而且，很不好意思，我不喜歡妳。」

「跟喜不喜歡又沒有關係，能舒服一下也很好啊。」

「不必了。」

「啊……原來你是喜歡個子高高、奶奶大大的類型，難怪對我沒有興趣。」

「請不要妄加揣測。」

「那你爲什麼不讓我走？」

「妳不怕死嗎？」

「很怕。」

「那妳有地方躲嗎？」

「沒有。」

「所以我不能讓妳走。」必穩說得簡單，如一加一等於二這麼簡單。

燦燦更加困惑了，於是問：「你當時在包廂內爲我出口氣就算了，結果把我帶到家裡，拿了姊姊的衣服給我穿，煮了早餐店的食材給我吃，跟唯一的親人大吵一架，還得面對金四角隨時的報復，你做了這些，到底是爲了什麼？」

「就不能是路見不平、拔刀相助嗎？」

「不能。」

「憑什麼？」

「因爲這個世界沒有這種人，你也不會是。」

「我不需要對妳解釋。」

「嗯，看來得讓你聽聽，我跟第一任男友的故事。」

「沒興趣。」必穩側躺在床上，還是很擔心樓下的狀況，畢竟姊姊的行徑眞的是太反常了。

燦燦並不在意，徐徐地說：「我的第一任男友，是國三的學長，長得人高馬大，給我很多的安全感，他呀，在學校裡眞的是橫著走喔，外頭認識許多乾哥、乾姊，連老師都不太敢惹他。」

「有什麼意義？」

「班上那些因爲我是單親家庭就欺負我的女生，以及時常對我毛手毛腳的男生，統統被他修理過一輪，此後再也沒有人敢說些五四三的，我並不知道這種情感算不算喜歡，但是從別人畏懼的眼光當中，我感到滿滿的得意，他簡直是我的英雄，就如你所說的『路見不平，拔刀相助』。」燦燦回憶起過去，沒多少的苦澀，彷彿只是轉述旁人的故事，「你大概是不會懂，營養午餐只能吃老師的份，上個廁所要擔心女同學潑水、男同學偷窺的那種羞恥感吧。」

「……」

「我們交往了幾個月，他帶我在校外認識許多新朋友，這段快樂的時光一直持續到他約我去墾丁玩，當天我興高采烈，揹著大包包，裡頭裝著新買的泳衣，早早就到約定地點等待，可是他一直沒有出現，電話怎麼打都打不通，最後是他的乾哥建議，我們先到墾丁去等他。」

「爲什麼？」

「結果我們當然沒有去墾丁啦，只是在附近的汽車旅館待了三天。」

「爲什……」

「這段時間眞的很痛很痛啊，無論是身體還是心理，都成了我揮之不去的夢魘。」

「……」必穩睜大了眼睛。

「所以很抱歉，請原諒我不能相信什麼路見不平、拔刀相助之類的話。」燦燦盤起了腿，彎腰鞠躬。

「信不信……都沒關係。」

「既然我都講了過去的故事，你可以講講過去與女朋友的戀愛回憶了。」

「我沒有交過女朋友。」

「眞的假的？我是你的第一次嗎？」燦燦詫異地掩嘴，十足戲精。

必穩沒好氣地說：「胡說八道，我會昧著良心欺騙姊姊，只是爲了讓妳能夠躲在這裡罷了。」

「已經二十歲了沒交過女朋友……太奇怪。」

「我都在讀書，沒有時間。」

「這應該不是理由。」

「我有自己的目標，根本不需要什麼理由。」

「什麼目標？」燦燦是真心感到好奇，因爲她的人生中，從沒有目標這種東西。

「我不想說。」無法達成的目標，必穩只想放於心底。

就是這一閃而逝的惆悵，讓燦燦精準地捕捉到了，然後在腦袋裡冒出一個泡，這個男人有優異的學歷，從衣飾、機車、用具來判斷，屬於富裕的程度，住的地方縱使不算豪宅，也很清潔明亮，更別說不錯的外貌與體態……既然如此，又怎麼會出現充滿壓抑的表情？

「你很痛苦嗎？」

「……」

「現在不說沒關係，如果未來有一天你覺得很痛苦，記得告訴我。」

這是燦燦跟他的約定。

□

接近清晨的時分，馬路人車罕見。

整個城市像是鬧了整夜的孩子，終於願意睡了。

今天的安穩早餐店，門是開的，卻沒有營業，所以說樂芙不會來，必穩跟大傻也不會起床，來的只有一輛小貨車。

小貨車的兩側印著相同的標誌與文字：津津有味食品加工股份有限公司，以及無骨雞腿排、黑胡椒豬排、煙燻雞肉、義大利培根、鑫鑫小香腸、港式蘿蔔糕、炸雞塊、薯餅……各式在早餐店常見的菜色食材，這家公司都有提供，上頭的食物相片看起來格外可口。

畢竟是送食物的交通工具，小貨車外觀保持得特別清潔，白色的車身幾乎找不到什麼污垢，就連輪框都發出像是全新的亮光，彷彿剛剛駛來的這段路有專人打掃過，才能維持閃閃發光的狀態。

車停在早餐店的人行道前，司機關掉引擎，爲了保持冷藏冷凍效果，冷凝器的馬達仍在運轉，發出不算大的轟隆聲，然而在寂靜的路、在必安的耳，還是太過惱人。

司機下車，是個魁梧的男人，人大的光頭與茂密的鬍鬚成強烈的反比，好像本該長在頭皮的髮全數跑到下巴去了，撇開這個略帶諷刺的特徵，司機的肌肉結實、龍行虎步，銳利的雙目透露著冷酷，第一眼看去，至少有八成的人會認定他是屬於特種部隊的軍人，身上的飛行員夾克，以及迷彩長褲，似乎也一再證明了這點。

「有什麼狀況是我需要知道的嗎？」司機踏上人行道的第一句話。

「什麼狀況？」必安一臉困惑。

「是我在問妳。」

「看起來像是有狀況的樣子嗎？」

「爲什麼早餐店休息？」

「這其實有很多理由，第一個是夜間部的段考將近，我需要提前讀書，第二個是連續營業了兩年多，我有點累了想要放長假，第三個是我最近跟弟弟吵架了，沒有心情煎東西給那些客人吃，第四個是他馬的我爽，關你屁事！你覺得眞正的理由是哪一個呢？」必安難得展露出少女的嬌憨笑容，「我覺得應該是第四個吧。」

「該要做的工作還是要做，否則我得跟老闆報告。」司機淡淡地警告。

「去啊，你這種行爲就跟太監沒兩樣，哦不對，你就是太監。」

「妳想怎麼逞口舌之快都可以，只要把工作做好。」

司機沒有被激怒，按照慣例熟練地打開車廂門，裡頭滲出一片的凍氣，在溫度低的清晨，帶來更深入骨髓的冷意。

左右兩排吊著未切的火腿，還有幾袋無法窺視的食材，底下有三桶藍底的塑膠桶，長得跟汽油桶類似，沉甸甸的。

「我哪用得了這麼多？」必安指著桶子。

「當初談好的，妳就是得用。」

「用不了就是用不了，你留一桶，其餘兩桶帶回去。」

「我再載回去，貨會壞掉。」

「有冷凍不會。」

「妳希望我打電話給老闆，讓你們自己爭論嗎？」司機不願再爭。

「死太監……」必安是沒辦法再爭了。

目前家裡一團糟，弟弟帶著藥頭妹住在二樓，店面有大傻顧著，時不時王巡佐還會帶一票警察來串門，而門前的馬路常見到金四角的小弟滯留觀察，維持著一種莫名其妙但是暫時平安的恐怖平衡。

假設老闆知道目前的狀況，整個家會陷入失控且無法預料的眞正危險。

必安已經搬到地下室去住，再退，就只能去跳公寓後方的大排水溝了。

回過神來，司機早就開著小貨車走遠，遺留下三桶塑膠桶，並排在人行道上，她一邊咒司機等等車輛翻覆原地自燃爆炸身亡、一邊推出早準備好的手推車，吃力地挪動沉重的塑膠桶。

再過一陣子便會徹底天亮，如果不想被撞見，必須把握住珍貴的時間。

問題是塑膠桶很重，即便必安的力氣算大了，但還是很重，這份工作又不可能找人幫忙，唯一能依靠的只有自己，正如同母親過世之後的這幾年，唯一能依靠的只有自己。

店內沒開半盞燈，灰暗的視線中，她拉著拖車，盡量壓低聲音，不願意吵醒大傻，就算滿身大汗、就算手腳發軟、就算面對三倍的工作量，還是沒有吭出一聲，默默地搬運笨重的貨物。

沒有說過，不代表她沒有想過，如果能像別人家的女兒，被爸爸捧在掌心呵護，不必面對柴米油鹽醬醋茶、不用承擔家計，只要認真努力地讀書，談場平凡的戀愛，將自己打扮得漂漂亮亮的……算了，只要能不用搬這些重物就好，奢望得太多沒有意義，其餘的就留給小說裡的愛情故事吧。

必安站在通往地下室的樓梯前，就感到十分煎熬，即便手推車是三輪特製型，能夠順利上下樓梯，然而重量不會減輕，過去處理一個塑膠桶就覺得筋疲力盡，更遑論這回有三桶……她咬著下唇，心知時間有限，諸多的抱怨沒什麼用，還是認命地慢慢往下……

「安安……早安……」

「不准學樂芙這樣叫我！」

必安幾乎是反射性地吼回去，後知後覺地發現是大傻醒了，睡眼惺忪地揉著眼。

「滾回去睡覺。」

「睡不著了……」

「不要吵我，你的蟑螂抓了嗎？」

「昨天抓到十三點五隻喔。」

「爲什麼會有零點五隻啊？你吃掉了是不是？」必安依然是那張凶巴巴的臉，但嘴角不知不覺藏著一抹笑意。

「沒有！」大傻堅決否認，「我全部都有好好保存，要給妳檢查的。」

「你他馬的給我保存在哪？」

「當然是放在安安的包包內。」

「很好，沒關係，等我這邊搞定，看我怎麼搞定你。」

必安宛若得到一股新的力量，怒氣沖沖地拖著手推車繼續下樓。

看起來大傻是聽不懂什麼是話裡藏刀，依舊想盡早餐店店員的職責，二話不說就來到店長身旁，連這句「不准碰」的指示都沒聽完，他就已經接過拉把，迅速地將塑膠桶運往地下室。

必安原本以爲自己會破口大罵的，但是沒有，她只是站在原地，注視大傻因使力鼓起的肌肉，感歎男人的身體在需要蠻力的時刻眞是好用。

大傻還有一個好處，就是什麼都不懂，說出來的話也不會有人相信，從幾個角度來判斷，遠比正常人的安全性高，就算學習能力很差，做事情傻裡傻氣的，不過，安全比一切都重要。

她一臉凝重地來到地下室的鐵門前，最後再確認了大傻一眼，試圖看穿他清澈的雙瞳，想從中挖掘到更靈魂深處的東西，來進行最後的確認……

什麼都沒有，他就是個白痴。

必安熟練地輸入一大串密碼，地下室的門嗶一聲打開。

□

冷，是這個空間給人的第一個感覺。

方方正正的格局，四個面、四道牆，皆有擺設。

純白色的瓷磚，乾淨得找不到髒斑，在小菜身前，是鑲於牆面的冷凍櫃，商業使用的規格，假設裡面擺滿食材，足以供應一家中型餐廳一週。在小菜的右手邊，堆著一張彈簧床墊，旁邊有幾個提袋裝滿日常用品與衣物，乍看之下像流浪漢的窩，在小菜的左手邊，是餐廳標準的長條料理台與大型的絞肉機。在小菜後方……就比較怪了，扣掉通風用的抽風機之外，還有個碗公大的蓋子，遮住了一個碗公大的洞。

爲什麼要在牆壁開個洞，然後再蓋上一個金屬蓋呢？坐在輪椅上的小菜已經顧不得那麼多問題，雙眼直直地盯著冷凍櫃，感受其中穿透而出的寒意，不自覺打一個冷顫，自身遭到白色、金屬、潔淨、冰櫃、抽風機給包圍，視覺上的寒冷蓋過體感能傳達的眞實溫度。

「我一直搞不懂，愛神的信眾如此之多，爲何要挑這對姊弟？」

「必安與必穩正是追求愛情的年紀，找他們正剛好。」樂芙笑臉盈盈。

「各行各業、販夫走卒，這麼多可以選，爲什麼要選他們？」

「妳這樣子說好像有職業歧視。」

「問題是他們的職業與性格眞的太危險了，基本上沒有什麼好的結局吧？這樣子對妳來說，業績不會出問題嗎？」

「難得菜菜在擔心我，好開心～」

「如果妳眞的當我們是朋友，奉勸妳在闖下大禍之前，先告訴我整個計畫。」

「哎……我這種腦袋哪有可能像阿爺一樣計畫什麼啦，就是、就是靠直覺去做。」

「就一位神明而言，沒有比這個更危險的發言了。」小菜是眞的很擔心，無論愛神有多惹人厭，在上次自己闖下大禍的時候，她的確是出了不少力幫忙，弭平了一場災厄。

樂芙看得出來小菜沒有任何說笑的意思，漸漸收斂了自己的笑，認眞地說：「我擔任愛神，已經度過了一段很漫長的歲月，中間當然經歷過無數的挫折與打擊，一直以來我都搞不懂什麼是愛，搞不懂人之間的愛情究竟是什麼。」

「結果呢？」

「吸收了過去成千上萬次錯誤的經驗，我自行發明了一種算式，叫作『樂芙式兩階段眞愛驗證法』。」

「妳用一個看似正經的名詞也不能掩飾其中亂七八糟的行徑。」

「我覺得會有效的。」樂芙玩著自己的馬尾，「要不要我先告訴妳第一階段……」

「不用了。」小茱對胡說八道不感興趣。

「喔……」

「雖然我不是愛神，但身爲窮神也算是見識過許多姻緣，所謂的『門當戶對』聽起來古板沒錯，卻是人類千百年來歸納出的道理。」

「時代不同了，茱茱眞的是老古董呢。」

「這個時代比較開放，並不代表我說的錯誤。」小茱主動握住樂芙的手，勸道：「或許很多言情小說、偶像劇會出現巨大身分差的劇情，什麼總裁愛上店員、明星愛上黑道……這些我也愛看啦，不過妳讓早餐店老闆愛上一個傻……」

「我沒有。」樂芙反握住小茱的手，斬釘截鐵地說。

必安熟練地輸入一大串密碼，地下室的門嗶一聲打開。

同一秒鐘，兩位神明已經跨回自己的世界線，屬於愛神的粉紅色光圈、屬於窮神的灰色光圈皆重新包覆著樂芙與小茱，她們繼續以超然的視角觀察著塵世。

透過大傻的協助，原本要累得半死的工作，突然變得很簡單，這件事可以說是最近的苦難中，唯一讓必安感到輕鬆的好事，大概就是傳說中的小確幸吧。

運第一桶的時候，她還很擔心大傻會不會不知道該怎麼使用特製的手推車，沒想到再來第二桶他根本不用載具，大傻很乾脆地扛在肩膀，像員工刻意在老闆面前展示自己的工作能力，必安只需要在後方幫忙扶著塑膠桶，一趟居然用不到兩分鐘。

「休息一下吧。」必安打算去冰櫃翻找出私藏的冷飲。

大傻搖頭道：「不用、不用，很輕。」

「唉，男人這種生物就是很愛在這方面逞強。」

「老闆的、的蛋餅好吃。」

「這又跟蛋餅扯上什麼關係？」必安啞然失笑。

「我最喜歡吃老闆的蛋餅，如果我很認真、很認真在這裡工作……老闆會喜歡我，我就可以一直吃、吃很多蛋餅。」大傻一不小心就托出了全盤的計畫。

「要讓我喜歡有這麼容易嗎？你至少還得再努力十倍，不對，至少要再努力一百倍。」

「一百倍!?」

大傻顯然被這個巨大的數字嚇退一步，必安還在辛苦堅持著嚴肅的臉孔。

「怎麼樣，怕了嗎？」

「我、我得這樣子扛一百趟嗎？」

「傻瓜。」必安轉過臉去，終究還是笑了出來，「你神經病，扛一百趟幹嘛啦，把剩下的最後一桶扛下來就好。」

大傻吐出一口氣，按照老闆的指示去扛下第三桶。必安的態度差歸差，畢竟不是太過無良的老闆，知道這一桶的重量最重，不能站在一旁袖手旁觀，也跟著上去協助，嘗試分擔掉部分的壓力。

他在前、她在後，兩人第一次合作，配合上沒什麼默契，彼此搖搖晃晃的，整座樓梯宛若漂浮於水面。

「不是每次都、都這麼累的……這次算是特例。」必安吃力地解釋。

「沒問題，我、我支撐得住！」大傻說到做到，兩人即將重回地下室。

「晚點幫你加菜，這樣可以吧？」

「蛋餅，最少要三個蛋餅。」

「幫你加個火腿，升級成火腿蛋餅怎麼樣？」

「好好好好好好！謝謝老……」

大傻就沒想過原來蛋餅還可以升級，對於老闆的感激之情溢於言表，不得不回過頭慎重地表達自己的感情，所以沒看清楚前路。

一腳踩空，整個人摔了下去，後方的必安當然不可能倖免，兩人摔成一團，滾進了地下室的冰冷地板，幸好頂多只有兩、三階的高度，沒有出現嚴重受傷的狀況。

「啊！」兩人抱在一塊。

「太棒了！太夢幻了！」愛神興奮地直跳腳，瘋狂搖晃著旁邊的窮神，「看到了吧，看到了吧？這就是我夢寐以求的畫面，這就是男女主角必經的歷程啊！」

「……」小菜眞的無話可說。

「男女主角的感情往往就是透過一次不經意的意外慢慢發芽，妳看大傻用自己雄壯的胸膛，緊緊地護住了必安，沒有讓懷中的女人受到一點傷害，兩人在餘悸猶存之際，身體緊緊相依，再也沒有距離，彼此的眼神都變得特別柔和，感受到其中難以言明的部分變得不一樣了，小茱，妳說，這是不是愛情？」

「我只知道……妳應該是瘋了……」

「妳難道不覺得這種意外產生的橋段很浪漫嗎？仔細看，必安注視大傻的神情已經完全不同了，身爲愛神，我都能感受到原本不存在的火花已經點燃啦。」樂芙咯咯笑了起來，兩側的嘴角幾乎要裂到耳際，浮誇的肢體動作伴隨著浮誇的言語，全身興奮地顫抖。

「……」小茱蒼白的臉色又更加蒼白。

沒錯，男女主角不小心摔倒而疊在一塊，絕對是爛大街的狗血橋段，樂芙說的沒有錯，根據劇情的推展，男女主角心中會埋下一個種子，愛情的芽很快就會破土而出，最後修成正果綻放出一朵美麗的花。

這些都沒有錯，眞的沒有錯，但前提是……

「旁邊的塑膠桶，不能掉出一具屍體啊！」小茱的雙手抱頭。

「聽我解釋！」必安捧起大傻茫然的臉，根本管不上兩人有沒有受傷，「現在你認眞地聽我解釋！」

「這個、這個是、這個是死掉的人……」大傻不像是能聽進去解釋的模樣。

「不是，我告訴你，這個是廢棄的電影道具，送到我這裡銷毀，你有看過吧？電視上常常播呀，驚悚片、警匪片都會死人，需要很多假的屍體，很正常，對不對？你看著我！」

「假……的？」

「對。」

「看起來……就像眞的。」

「他們故意做得那麼逼眞，怪我囉？」

「可是……」

大傻瞥向塑膠桶的方向，年約五十到六十歲的男子上半身暴露在桶外，或許是被啤酒肚卡住的關係，所以才沒有整個掉出來，其混濁的雙目已經看不出生前的模樣，唯有裸露的肌膚展示出毫無人道的傷痕，證明了他之前是遭受多少苦難，才會死不瞑目、痛苦萬分。

「這部電影的劇情就是說，有個建商經營不善，貪掉許多股東的錢就打算逃出國去避難，沒想到被股東抓到，嗯，你也知道營建公司的股東通常都與黑道有瓜葛，所以被逮住自然、自然是這種下場……很正常的，多半是這樣的劇情。」必安的背部全是冷汗，完全不知道自己在說什麼了。

「我聽不懂……我聽不懂……」大傻不斷搖頭，打著冷顫的唇在喃喃自語，「我只是有點害怕，很恐怖……死掉很恐怖……爸爸也是死掉……」

「沒事的，別怕、別怕。」必安擁著大傻入懷，柔聲道：「你信不信我？」

「信，我信老闆。」

「很好，大傻很善良，所以一定也不希望其他人也被可怕的道具嚇到對不對？」

「嗯，眞、眞可怕。」

「那我們是不是絕對不能將這件事說出去？」

「對、對對……不可以。」

「既然如此，我們打個勾勾。」必安只能將最後的希望寄託在近乎兒戲的約定，慢慢地抬起手，豎起小拇指。

「打勾勾……」大傻像是很熟悉這樣的約定方式。

「你只要不辜負我，我必定盡力照顧你……」

「謝、謝謝，安安。」

「如果違背了，那請你不要怪我。」

必安的神情還是那樣的不自然，大傻的整條手臂都在發抖。

兩人的小拇指緊緊勾住，在極端詭異的狀況下連接了彼此。

彷彿一條肉色的紅線。

第2.1章

楊家弟弟

早餐店有一面牆，牆面一台液晶電視。鐵捲門死死地緊閉，連預留給郵差投信的小孔都用膠帶層層封死，從外頭看來透不出一點燈光，給人一種人去樓空的錯覺。

必安、大傻、必穩、燦燦各自落在不同的座位，位於同一個空間但不同世界的小荣與樂芙依然在最靠近的距離，觀察著事態最新的發展，保持截然不同的想法和想像。

必穩清楚姊姊還在生氣，雙手握著手機閱覽重考班提供的課堂錄影，雙眼時不時確認姊姊的表情，他是眞的打從心底感到抱歉，因爲從小一起長大的手足有嚴重的認床毛病，挪到陰冷的地下室，必然沒有一晚睡好。

事實上他並不是沒有主動跟姊姊換床位的打算，只是讓燦燦與之相處在二樓，會有無法預期的後果。

坐在必穩身後的燦燦，雙腳夾得緊緊，十指不安地纏在一起，她不明白這位眞正的一家之主爲什麼要突然召集所有人，她只明白一件事，萬一被趕出這裡，自己只有兩種下場，一是雙手插滿針頭，死在無人的公園，被布置成用藥過度的模樣，二是被賣到國外去，被當成一頭就算死掉也沒差的牲畜圈養。

很難想像，這家不起眼的早餐店居然是唯一安全的地方。

大傻捧著一罐特大號可樂，渴了就吸幾口，一副全然置身事外的模樣。

必安抱著胸，背靠在牆壁，恰好站在液晶電視之下，面無表情地苦惱要如何跟弟弟開口……

「歷經了七日的搜索，涉嫌掏空金陽建設公司的董事長許萬里至今仍下落不明，數百名受害的股東，來到公司門前抬棺、撒金紙抗議，要求許萬里出來面對，並且接受司法的調查，另外一直有傳聞許萬里將要偷渡潛逃的消息，檢方已經勒令機場、港口嚴加緝查。」

她舉起手把電視關掉，實在是很後悔為了填補自己猶豫思索的時間，開啓了很不識相的新聞台。

「咳咳。」清了清嗓子，必安總算下定決心道：「再這樣子下去不行。」

「嗯……」必穩收起手機，發現自己很久沒跟姊姊說話了。

「雖然依靠大傻和警察的良好關係，金四角感到忌憚，到今日遲遲不敢下手，可是警察不可能永遠保護我們，我們也不可能永遠處在這種進退兩難的狀況。」必安說話的過程中並沒有帶著責備的意思，彷彿早接受了既定的事實，「畢竟生意要做，課也要上。」

「對不起。」必穩抓抓頭。

「眞的很對不起。」燦燦低聲下氣，額頭都快頂到桌面。

必安擺擺手道：「不要浪費時間道歉。」

「再來該怎麼辦？」必穩問。

「經過這段好不容易爭取到的時間……我已經下了決定做好安排。」

「什麼安排？」

「你們兩個先離開吧。」

其實必安到這個時刻，還是覺得很捨不得，姊弟一同出生、一同長大，扣掉畢業旅行之類的特殊情況，從來沒有分開超過一天，而弟弟是家中獨子，是自己與媽媽萬般呵護帶大的，很多家事沒碰過、很多現實的壓力沒處理過，能不能獨自面對著實令人擔憂，光是會不會洗衣服這點，她便沒有半分把握。

必穩以爲姊姊此時不妙的表情是在擔心自身的安全，激動地反對道：「離開？那妳怎麼辦，這種安排我不接受。」

「我自然有自己的方法。」

「不行，這個風險太大了，不然妳們走，反正我自己闖的禍自己承擔，讓我跟金四角談談。」

「不要天眞了。」必安不能走的原因是因爲冷凍庫中的三具屍體以及隨時會再送來的工作，「我得留下來營業。」

「都這時候，還管早餐店？」必穩難以接受。

「沒錢怎麼生活啊。」

「我可以賣掉所有東西，手機、機車、球鞋……什麼都賣，一定夠支撐我們一段時間。」

不想解釋也不想反駁的必安不耐煩地說：「重考班，我也替你找一家新的，金四角應該追蹤不到。」

「還去上課？」必穩傻了。

「廢話，沒有什麼比你的未來重要。」必安不容質疑地說：「你要記得，得罪金四角的是你們兩個，我跟大傻根本就不在他們的復仇範圍內，或者應該這樣說，你們離開的話對我來講反而會變得更安全。」

「這只是推論而已，妳不能把自己的安全建立在推論上面。」

燦燦弱弱地舉手，打岔道：「依……我對金四角的認識，他、他們都是瘋子，藥效一旦發作根本不會管對方是誰。還記得去年有一個尋仇砍錯人的新聞吧，就是他們幹的，事後鬼哥說得輕描淡寫，還怪對方不識相幹嘛不早點說清楚，害自己浪費這麼多力氣。」

「姊，我知道妳在想什麼……別老是把我當成小孩子對待。」

「我已經決定了，你不用浪費口水。」

「姊！」

「夠了。」

必安沒有給任何人改變自己心意的機會，逕自走向樓梯準備上二樓，必穩慢慢地閉上嘴，收回一切想說的，習慣性地服從姊姊的指示。

二樓是家，是他們長大的地方，必安獨自坐在弟弟的床鋪，收拾著衣物與生活用品……

「妳看看她的表情，看到了嗎？」樂芙左手一杯果汁、右手一杯爆米花，像坐在電影院第一排的觀眾。

「看到了。」小茱伸手去拿爆米花，扔進嘴巴中咀嚼，整張臉是蠟色的，原本的美食吃起來也像蠟。

「這是多麼豐富的情感展現，人類眞的是太神奇了，一張臉居然能同時蘊含多重的表情，首先是淡淡的怒意，認爲弟弟老是愛闖禍，會耽擱到讀書的進度，再來是濃濃的無奈，認爲自己替弟弟解決麻煩是天生的使命，就算深深覺得厭煩也在所不辭……最後是捨不得，單純是捨不得弟弟離開身邊，我覺得這種單純，是一位姊姊最美的時刻。」

「我覺得妳把他們當成一場戲在觀看，是一位神明最恐怖的時刻。」

「別這樣說好不好？」

「那妳就不要這麼做啊！」

「難道不覺得這部由親情與愛情交織的故事，特別扣人心弦嗎？」

「我是當成恐怖電影在看……」

「我們神明要忍受如此無聊的歲月，如果妳不想辦法在工作中找到樂趣，這樣子每一天、每一年都會很痛苦哦。」

「這種樂趣我無法享受。」

「眞不愧是超無聊窮神……」樂芙譏諷道。

小茱不以爲意繼續說：「雖然我到目前都看不出來妳動過手腳的痕跡，但是很明顯，導致他們的人生像脫軌列車般暴走的原因一定是妳。」

「沒有、沒有，不要亂講，我就是個觀眾而已。」

「如果只是觀眾，又怎麼會成爲早餐店的店員？」

「在塵世生活需要錢，尤其是玩cosplay，更是需要很多的錢。」

「你們之間的牽扯一定沒有這麼簡單……」

「眞的很簡單啊，我當早餐店的店員是爲了深入研究自己即將結緣的對象，沒有什麼陰謀啦。」

樂芙說完話，也忍不住笑了起來，旁邊，小茱緘默地搖搖頭，內心深處也眞的開始好奇，這對姊弟的未來會如何發展……

「姊，我自己收拾就可以了。」必穩上了樓，站在床邊。

必安輕輕地交代道：「跟進考場一樣，不要缺了東西，如果有問題的話，記得打給我。」

「我需要離開多久？」

「到我跟金四角談妥爲止。」

「那燦燦……」

「……我不會讓她去死。」

「嗯，這樣就好。」

「你眞的喜歡她嗎？」必安停止摺衣服的雙手，仔細聆聽著。

「是，很喜歡。」必穩沒有猶豫，「姊，幫幫我們。」

「我眞的覺得她配不上你，毒蟲，病懨懨的，一副見光就會死的可悲模樣……」必安懊惱地自言自語道：「當初就應該強烈反對你去讀國建中學這種和尙學校，搞得對女生沒半點抵抗力，遇到稍微可愛一點的就被拐走。」

必穩紅著臉，低聲道：「姊，我沒被拐走，而且燦燦保證一定會戒。」

「會信毒蟲說的鬼話，還說沒被拐？」

「……我不跟妳辯這個，只是突然要走，打算讓我們住哪？」

「住在樂芙那裡，她在山中有一間小別墅，金四角絕對找不到。」必安非常有把握。

樂芙震驚地怪叫：「咦咦咦咦咦咦咦咦咦咦……住在我這嗎？靠！」

小菜望著愛神目瞪口呆的嘴臉，根本無法分辨究竟是不是在演戲。

□

安穩早餐店已經停止營業整整兩週了。

附近的早餐店眾多，本身也不是什麼非吃不可的名店，所以沒人注意到過去十幾年幾乎不休息的店面呈現人去樓空的狀態有多反常。

當然也不會有人知道經營早餐店的姊弟得罪了黑社會中最惡名昭彰的幫派。

金四角的組織規模很大，相對的非常鬆散，底下的人常常各幹各的，甚至連幫內火拚都時有耳聞，年紀輕輕的鬼哥派系是其中一個分支，專門負責城東區的販毒業務，因爲其夠凶、夠狂深受上頭的喜愛，未來打算讓他管理更大的地盤。

這次的傷，是鬼哥此生最大的污點與恥辱。

被一個學生打成重傷？即便是因爲當時吸藥，有腦袋慢好幾拍的因素在，鬼哥依舊恨得深惡痛絕，每每想起便痛得顫抖。

臉上火辣辣的疼痛，已經是一種羞恥的印記。

這也能解釋爲什麼這家安穩早餐店到今天爲止，還能夠好好地聳立，自從小弟們第一次回報說仇家已經報警，整個店內都是警察，當時逐漸恢復冷靜的鬼哥就很明確地下令，不要再去找對方，這件事絕對不能流傳出去，要封鎖一切消息的源頭。

一切，都是爲了今夜。

路中間，一輛跑車無視交通規則直接停車，上掀的車門開啓，駕駛悠然自得地下來，像在社區的地下停車場，全然不在意四周的質疑視線，眼高於頂的囂張姿態一如往常。

鬼哥還是習慣性地上身赤膊，不過臉多了一張黑色的鬼面，周圍的眼光瞬間收回，幾名路人快步離去，幾輛汽機車乖乖從旁邊繞道，連喇叭都不敢隨便按，畢竟身爲局外人的他們幾乎在同一時間感受到一股不安的涼意。

就連鬼節時畫上鬼妝的鬼將出巡都沒這麼令人遍體生寒。鬼哥戴著面具，沒人有辦法瞧見其面容與表情，可是光從他抽搐的手臂與不協調的腳步就能清晰地嗅出瘋癲意味的危險，更別說隱隱約約纏繞的森然。

鬼哥慢慢地走到早餐店門前，客氣地敲敲坑坑疤疤的鐵捲門，想當然沒有回應，裡頭除了漆黑之外再也沒有別的東西。

「自己出來的話，我只要你一雙手。」他其實沒有特別大聲，但這條路過於寧靜的關係，很清晰地傳達了出去。

早餐店自然不會說話。

「其實我在金四角內部敵人也很多，這種丟人現眼事我並不想張揚，懂吧？涉及到面子的事，弄到人盡皆知對我沒好處啦，我們私底下談一談、喬一喬就好，你前面拿走我整盒貨，還欠我幾十萬統統算了，就借我一雙手，讓我回去給小弟們看幾眼，馬上就送回來給你，趕緊打電話叫救護車，一定來得及接回去，放心、放心。」

他依舊喋喋不休地商量著。

「不用再考慮，這麼棒的條件過了就沒有了，要好好把握啦，我鬼哥在道上說一是一、說二是二，不可能拐你的，不然以後誰敢跟我做生意，是不是？」

雙手按在鐵捲門上，整張鬼面已經近得快貼上去。

「時間不等人了，我數到三秒，如果再不出來的話，剛剛談好的條件就取消……一、二、三、四、……五六七八九十、十一、十二、十三……嘿嘿嘿，哈哈哈哈，哈哈哈哈哈哈哈，眞他馬的聰明，幹你娘，根本沒有其他條件，除了你全家死光之外，絕對沒有其他結果，懂了嗎？幹！哈哈哈哈。」

鬼哥獨自一人哈哈大笑起來，笑得全身上下都在發抖，病態的笑聲在冷清的馬路上不斷迴盪。

附近鄰居就算有大膽者，聽到這類不正常的笑聲，頂多是打開窗戶的一個小縫，偷看是怎樣的狀況，根本不敢聲張，默默地好奇一對姊弟開的早餐店，怎麼會惹上半夜戴面具到處跑的瘋子。

鬼哥笑完了，大概是確認店內真的沒人，掀開一點面具，吐出一口痰，不太情願地往回走，一直走到跑車旁，但沒有上車，慢慢地舉起右手，在半空中打個響指，接著彎腰進入車內，取出自己剛買的菸。

響指並不是習慣動作，或是單純想耍個帥，而是確確實實送出一道指令。

隨後，一輛不知道從哪裡冒出來的貨車，引擎發出喀喀的低劣運轉聲，排氣管吐出陣陣黑煙，一路從路口衝過來，朝著鬼哥的方向高速前進，完全沒有要煞車的跡象。

簡單來說只要再過六、七秒鐘，價值數百萬的跑車與金四角的高階幹部，就會變成一團由金屬與人肉揉成的大丸子。

從鬼面外唯一能看見的雙眼絲毫沒有動搖，像是根本沒發現發出刺耳吼叫的長方形金屬獸已經離自己很近……

他從容地平抬手臂，指著旁邊的安穩早餐店，宛若在給自己養的超大型犬一個指示，簡簡單單的指示。

整輛卡車沒有猶豫，堅決地如同收到訊號的遙控車，一點都不在意會不會有翻覆的疑慮，直接一個抵抗離心力的九十度大轉彎，輾過人行道，闖入無人的騎樓，一頭撞進安穩早餐店，爆開，鐵捲門成了支離破碎的裂片，產生的震動讓整排公寓晃蕩。

以煎台爲首的整個工作區域被撞得稀巴爛，吐司、果醬、廚具、零錢噴散一地，飲料機的四款飲品全部混爲一種，倒在已經判斷不出先前模樣的物體中，徐徐地從破裂的外殼內滲出。

更別說受創慘重的冰箱，簡直像是被壓扁在路中央的青蛙，體內的火腿、漢堡肉、生菜、蘿蔔糕……如同內臟般遭到擠壓而出，花花綠綠的，成噁心的怪異顏色。

鬼哥閒庭信步地走進店內，連看都沒有看倒趴在方向盤上的貨車駕駛，純然當作一條死在街邊的老狗，任由他失去意識地壓著喇叭，發出一連串似乎不會停止的噪音。

他沒有進去搜索，也懶得再確認到底有沒有躲人，要再更深入的話，就得踩上一整片殘骸……這太麻煩了，又容易弄髒鞋底，他情願撿起一條抹布，找到貨車的油箱，將抹布塞進去一半。

從菸盒取出一根菸，叼在嘴巴，掏出打火機，點燃，順手也點燃了抹布。

鬼哥深深地吸了一口，白煙由鼻孔緩緩透出，所有的動作都顯得格外悠閒……上了車，跑車的引擎聲浪在右腳的控制之下，再次呼嘯於街頭。

他一點都不在乎到底仇報了沒，反正明天看看新聞就知道了。

□

「你乖乖睡覺，不要吵我工作。」

必安一身專業打扮，護目鏡、防護衣、手套、口罩一項不缺，包得緊緊的，準備開始處理屍體。

屍體這種東西是人死後的產物，也有可能是犯罪之後的產物，所以需要滅屍人接手。

因應現代科學的進步，很容易不小心就製造出什麼線索，導致鑑識人員與法醫察覺，讓一整票警察找上門來……所以需要更專業的滅屍人接手。

必安最主要的業務，並不是說帶著屍體到荒郊野外掩埋，也不是說載著屍體到河口外海丟棄就沒事了，因為深埋的屍體有可能在十年、二十年過後被意外掘出骨骸，沉入水中的屍體有可能被莫名其妙的水流沖上岸。

以上這些都不是正確的做法，唯有滅屍人能讓屍體無視運氣與科技的影響，達到眞正意義上的消失，替警政署登記在案的失蹤人口加一。

滅屍人並非通用的專有名詞，僅是必安習慣這樣稱呼自己。

她有三具屍體要處理，很忙。

「我的床給你睡，滾遠一點。」

「可是……看起來還是很恐怖……」

「你身為一位員工，看到老闆在這邊累得要死要活，就只能講這種沒用的廢話，那你不如睡覺好了，讓我的耳根清靜一點。」

「安安，不要碰了，越看越嚇人……過來睡覺，過來跟我一起睡覺啦。」大傻雖然是坐在床墊上，身體卻縮進了牆角。

鋸。

「誰、誰要跟你一起睡覺啊，胡說八道，信不信我劈死你！」必安舉起一把電鋸。

「剩下一個……明天再用。」

「一定要一次做完，這些湯湯水水的，噴得到處都是，我必須一次用漂白水加清潔劑刷乾淨，不留下一點痕跡。」

「明天我再幫忙吧，今天的話，眞、眞的很可怕。」

「會怕就好，以後如果你對我沒用的話，這就是下場。」必安藏在口罩下的嘴角不經意地上彎。

大傻緊張地說：「有用有用，我最有用，這些都是我從冰箱搬出來的，對不對？」

「勉勉強強吧。」

「這個假的，但是……像眞的……爲什麼妳不怕？」

「一開始我也會怕，噁心吐了好幾次，不過工作就是工作，我的兼差跟別人沒有不同，頂多是處理的廢棄物比較特別。」

「不一樣吧。」

「哪有不一樣。」必安開啓電鋸，一邊卸下一截小腿、一邊說：「我在上面，把人家分割好的肉煮熟，你就不覺得奇怪，現在我不過是切一切肉而已，明明都是肉，瞧你那副沒卵蛋的模樣。」

「開早餐店很好，這很不好。」大傻依舊畏懼地搖頭。

「沒辦法，開早餐店根本賺不到什麼錢，之前我還跑去殯儀館幫人洗屍體，依舊是賺不到什麼錢，直到我接到這個工作，才總算能讓弟弟過一個不丟臉的生活。」其實必安一面動手、一面動口的過程中，完全沒發現自己正在說最心底的祕密，「我弟弟是個天才，將來不是醫生就是律師，哪適合過苦日子。」

「可是……不應該、不應該……」大傻難以用語言組織出自己想表達的意思。

「我爸欠了很多錢，當然舅舅有說我可以拋棄繼承……問題是，如果我割捨了爸媽的過去，我也會失去這家早餐店，就沒有你最喜歡的蛋餅。」

「不可以，蛋餅好吃。」

「對吧。」

必安笑了，忽然發現在地下做著見不得光的作業時，有個人能夠說說話，其實還不賴。

要讓屍體達到眞正意義上的消失，需要經過許多細碎的手續，簡單歸納可以列出七個步驟，第一個步驟是解凍；第二個步驟是分解，需要分成頭、軀幹、內臟、左右上下臂、左右大小腿、左右手掌與腳掌，共十五個部分，其中容易被查出身分的手指頭與牙齒得另外處理；第三個步驟是壓碎骨骼，利用液壓機協助，反覆三次成餅狀爲止；第四個步驟是絞成肉泥，用絞肉機運轉約二十到三十分鐘可完成；第五個步驟是把肉泥放進大鍋煮熟，兩座火爐能同時處理十五到二十公斤；第六個步驟是把熟透的肉泥和水攪拌，一起倒進排水孔直接流入後方的大排水溝；第七個步驟是徹徹底底地用漂白劑與消毒水清潔環境與工具，防止魯米諾反應。

「喂，你還眞的給我睡著了喔！」必安踢了踢大傻的後背。

大傻瞬間驚醒，否認道：「沒有睡，我沒睡！」

「起來幫忙，一起用漂白水把每個角落都擦過一遍，聽懂了沒有？」

「聽懂了。」

大傻眞的算是個任勞任怨的好員工，一手提著水桶，一手拿著抹布，太過複雜的工作他做不來，可是簡單的清潔他願意做到最好。其實經過冷凍過的屍體，並沒有滲出什麼血跡，大範圍用水管沖過一遍，就已經清潔了百分之九十，剩下的細節處或者是陰暗處，他會通通找出來。

因爲工作環境不適合飲食，一整天沒吃一口飯的必安，雙手無力地脫下口罩與護目鏡，連防護衣都沒有脫，筋疲力盡地蹲在牆邊，喝點久違的礦泉水，凝視著認眞清潔的大傻。

「我剛剛講的，你絕對不能說出去。」

「說什、什麼？」大傻正在擰乾抹布，傻傻地問。

「全部不能說……這是對你好。」必安的雙眸中流動著象徵同情的波光。

「我不說。」

「一個人，很多時候並不是只代表一個人這麼簡單，一個人死了，也絕對不是代表多出一具屍體而已，背後有許多複雜的糾葛，是大人們在博弈的一場遊戲，我們如果不長眼破壞了他們的規矩，後果眞的會非常嚴重。」

如果說先前的必安像一株長滿刺的仙人掌，不起眼，卻在最嚴苛的環境中保持鋒芒，那現在的她不過是即將枯萎的野草，都不用踩，自己就會死了。

大傻沒說話、沒動作，抹布仍在手中滴水，似乎察覺到什麼。

「正常的老闆，對待沒用的員工，頂多是罵幾句再開除，對待想要辭職的員工，頂多是慰留幾句再放人……而我，而我的老闆不正常。」必安抬起頭，一口氣將整罐水倒進喉嚨，以水代酒，試圖增加一點膽氣，「我不能走，不能沒有用，甚至不能讓老闆察覺到我想走，或者是我沒有用。」

「不會，我很有用。」大傻突然冒出這句。

「行行行，我又不是在說你。」

「我很有用，就會讓安安……也很有用。」

「喔？」必安微微一愣，旋即綻開笑容，「的確，有道理，我們的大傻根本一點都不傻。」

「下次，我、我不怕了，我可以幫忙。」大傻下定決心。

「好，謝謝你……」

必安的道謝都來不及說完整，剛要放鬆的表情都還沒有徹底地釋懷……

砰！

巨響！

震盪！

整個地下室彷彿遭到不知名的巨大野獸撞擊，狠狠地晃了一大下，必安一屁股跌坐在地上，還沒搞清楚是什麼事，大傻已經連滾帶爬地來到她身邊，也是驚恐慌張的樣子。

必安終究是店長，還身兼一家之主，很快就恢復了冷靜，先到了置物櫃，匆忙地翻出一台平板電腦，打開監控用的ＡＰＰ，突然發現自己的店面多出了一輛卡車，製作早餐的工作台被撞得面目全非，已經完全看不出原本的樣子。

她的第一個念頭，認爲是車禍，畢竟車輛失控，撞入店家的新聞時有耳聞，而第二個念頭很快就取代了第一個念頭，因爲鬼哥走了進來，戴著那一張攫人而食的面具，侵門踏戶。

這是報復。

「關燈。」她低聲道。

大傻伸長手，迅速地讓地下室一片漆黑。

必安堅信當初砸重金改造的電子鎖與防爆門可以抵擋住金四角的攻勢，尋常的槍砲彈藥絕不可能突破這層防禦，而這個空間便是小型的避難所，有水、有電、有火，冰箱除了屍體之外，更有豐富的食材，用來排肉泥的孔洞當然也能釋放排泄物，兩個人要躲兩、三個月絕對沒問題。

「安靜。」她輕輕地說。

只要鬼哥認爲此處沒人，鬧了這麼大的動靜之後，一定會有人報警，到時候他不退也不行。

可惜美好的想像終究是想像，鬼哥並沒有擔心警方的那種急迫感，反而是很閒情逸致地撿起一塊布，然後點燃打火機……

毫不起眼的火光，卻無情地帶來死亡的氣味。

火沿著布緩緩地往上爬……

「快、快逃……」必安的瞳孔在左右晃動。

「逃？」大傻聽不清楚。

「快點逃啊！」

必安扭過頭，徬徨地注視大傻，張開嘴放聲大喊。

不過，這是地下室，沒有地方逃……

根本沒有。

她一臉絕望地抬起手，溫柔地握住大傻髒污的手掌，對這個年紀比自己大卻比弟弟更像弟弟的男人，感到十分的歉意，楊家人闖的禍，導致一名無辜的傻瓜受到牽連，眞的眞的非常抱歉。

大傻一樣是維持一張永遠搞不清楚狀況的神情，傻傻地問：「怎麼啦？」

「蹲低……躲好……」

「抱、保好？」

大傻依舊是狀況外，傻裡傻氣地抱住必安，用怪異的傳教士體位壓住自己老闆，大大的雙手包覆必安的臉蛋。

轟！

卡車爆炸。

巨大震波毫不講理地填滿整個空間，膨脹、四射、破碎，分散成許多無形的力量，反反覆覆地來回衝撞。

整個地板都在搖晃，置物櫃倒塌，冰箱向後傾斜，空氣中煙霧瀰漫，四面牆的瓷磚碎裂。

轟轟轟！

瓦斯桶連帶引爆。

彷彿規模七點零的地震產生，而且震央就在頭上，提前預支了世界末日的來到。

幾乎是天崩地裂的直觀感受，抱在一塊的他們在同一時間失去意識。

□

當必安拖著大傻出地下室時，眞的很慶幸建商沒有偷工減料，還有瓦斯桶中的瓦斯快用完了。

地下室雖然沒有整個坍塌，但該倒的倒了、該毀的毀了，等人高的置物櫃就直直地壓在大傻身上，還有原本綁緊的燈具、刀具，也變得像失控的暗器，隨機性地造成傷害，要不是大傻靠肉身擋住大部分的襲擊，再憑藉恍惚的意識，用雙手撐起一點空間，必安根本不可能安然無事地爬出來。

大傻的狀況非常糟糕，背部插著四、五片鋒利的碎瓷磚，急救人員沒有什麼特別的表示，但一翻過來見到大傻七孔流血的臉，立刻表示現場無法處理，必須緊急送往醫院救治。必安一聽，整個人都傻了，平時的冷靜果斷消失殆盡，只能失魂落魄地跟上救護車。

到急診室，醫生說的其實必安也沒有聽得很清楚，大概是說因爲氣爆的關係，產生了強烈的震波，造成雙眼、雙耳、鼻腔與腦部的損傷，至於詳細的狀況只能等檢驗之後才能確認。

「喔。」坐在病床邊的必安徬徨地應了聲。

耳朵聽見的全是嗡嗡的雜訊，她無法分辨是急診室本來就這麼吵亂，還是氣爆之後的後遺症，這令她無法專注、坐立難安，頭低低的幾乎快埋進雙腿之間，彷彿被迫聽著一台永遠修不好的收音機，在耳邊嗡嗡嗡嗡嗡嗡嗡……

「請問一下。」

「……」

「請問一下？」

「什、什麼？」

「請問一下妳的名字，以及與病人的關係。」不知道已經站在原地多久的護士依舊保持著耐心。

「楊必安……你們爲什麼要問這個？」她突然警惕了起來，確認護士胸口戴著員工證件，上頭寫著朱翠杉三個字，看起來應該不是僞造的。

「我們需要請家屬簽一些文件，才有辦法讓患者做檢查。」

「原來是這樣。」

「所以你們的關係是？」

「我們的關係……嗎？」必安猶豫了片刻，「他是我的員……不，他是我弟弟，有什麼文件我都簽，快點讓他做檢查吧。」

翠杉身爲一名資深的護士，當然從中聽出了不對勁，不動聲色地問：「可以讓我看一下你們的證件嗎？」

「妳、妳懷疑我？」

「不不不，不是懷疑，是我們本來就需要證件做紀錄，比方說健保卡是一定要的吧。」

「沒有。」

「這樣子的話，我們沒有辦法確認你們的身分。」

「所有的證件都在屋子裡被炸得亂七八糟，妳去翻出來呀！」必安很著急。

面對情緒逐漸失控的患者，翠杉依舊保持著溫柔且穩定的語氣，「的確，這是我的失誤，我們等等會有人再來看妳弟弟。」

「等一下，先別走。」必安深深地吸了幾口氣，強迫自己冷靜地說：「是、是我的態度太糟了，請麻煩你們，先讓他做檢查，錢或者是證件都沒有問題，我馬上去補給你們，好不好？」

「放心，我們會盡一切所能。」翠杉拉開了遮簾，靜靜地走了出去。

必安重新坐回椅子上，小心翼翼地握住大傻插著點滴的手，像是想要確認藥水有沒有流進他的體內，又像是打算透過這個動作感受到他的體溫，確認人還活著。

她清楚這一切都是自己的錯誤，在母親過世之後，爲了保護早餐店不被銀行查封，維持弟弟的讀書環境，自己曾經在許多龍蛇混雜的地方賺過錢，見過的不堪、齷齪、邪惡比同年紀的人多出太多太多了。

便自認能掌握黑暗世界的運行規則，自以爲所有的恐嚇與血腥最終的目標都是利益，認定沒有什麼事不能談，金錢多半能夠擺平，僅是數量上的問題。

沒想到燦燦說得對，鬼哥是瘋的。

她的錯誤，就是以爲能談。

不知不覺，她握住大傻的力道越來越大，甚至感受到掌中的手在抽動。

「不行……快點逃……妳快點逃，不不不……不要……」大傻驚恐地說起夢話。

「沒事，大傻，我們是在醫院，很安全。」

「不是這樣子……他明明還在，怎、怎麼可能……原本、原本……順……」

「你到底在說誰?大傻、大傻醒一醒。」

「不、不……不是……」

大傻看起來依然意識不清，說出來的話並沒有語言上的脈絡，必安知道每個人都有自己過去的故事，見他不斷搖頭、肌肉緊繃的模樣，恐怕夢中的畫面並不美妙，想當然耳，流落街頭的人基本上都沒有太好的過去。

必安輕撫大傻的胸膛，柔聲道：「不要擔心，好好地睡一覺，等等醫生會把你治好，健健康康地出院，我們一起把早餐店修繕好，繼續開門營業，然後我煎蛋餅給你吃好不好？」

大傻再次沉默，張著嘴巴，剩悠長的呼吸聲，似乎沒有那麼痛苦了。

必安欣慰地點點頭，眼角餘光見到遮簾被拉開，本以為是醫生終於來了，沒想到來的卻是一名臉色不善的光頭大漢，她立刻收起所有能夠稱之為女性柔和的部分，毅然決然地站到司機面前，不加思索地守著大傻的病床。

「老闆打電話給妳，怎麼不接？」司機壓低一貫嘶啞的嗓音。

「整個店都被炸了，他媽的要怎麼接?」

「老闆想知道那三件食材的狀況。」

「他應該先關心我的狀況吧。」

「妳？」司機冷漠的臉，突然有了嘲諷的神情。

「對。」必安不爲所動。

「老闆只想知道，那三件食材的狀況。」

「……」

「……」

「叫他不要瞎操心，都處理好了。」

「確定？」

「不相信的話，你他媽的可以到地下室檢查啊。」

「我一直很懷疑，爲什麼老闆要把這麼重要的工作交給妳。」司機的形象向來是只做不問，今天的話算是破天荒的多，「不過是處理個食材，有手有腳都做得到吧。」

「當然是因爲你這條哈巴狗，整日想舔老闆腳趾、拍老闆的馬屁，內心的企圖太過明顯、吃相太過難看，這種牽涉到眞正核心的工作，老闆一定會交給人，而不是狗，懂嗎？」必安挑釁地聳聳肩。

「不用嘗試激怒我，沒用的。總之，妳的工作很重要，老闆要求一週內復工。」

「早餐店已經是刑案現場，怎麼可能在短短七天解除封鎖。」

「不，這就是一起簡單的酒駕肇事，因爲酒醉失控撞上無辜的早餐店後，卡車與現場瓦斯桶接連爆炸，肇事者不幸當場死亡。」司機複述新聞內容，順便提醒道：「記得去申請保險金。」

「你……說什麼？」

「就是我說的這樣。」

「……」必安還是覺得自己小看老闆了，要能夠輕描淡寫地擺平這個事件，估計在警察跟媒體中都要有足夠層級的影響力。

「老闆認爲，收錢辦事天經地義，他給出這麼高的薪水，自然是認爲妳有這個價值，萬一失去了工作能力，不管是人還是狗，老闆都不會接受的。」

「在恐嚇我？」

「講述一段事實，不能算是恐嚇。」

「馬的，你的口才眞好。」正因爲必安心知肚明，司機說的是事實，所以雙掌中全是手汗。

「最後，老闆希望知道，跟金四角的糾紛如何處理？」司機問。

「我才剛剛撿回一條命，沒辦法想這麼遠。」

「老闆替妳想好了，趕快去把叫什麼鬼哥的搞定。」

「有這麼容易嗎？依他在金四角的地位，身邊至少養一、二十個小弟當親兵，我就區區一個人，還是你跟老闆要幫我？」

「這種額外的付出成本，老闆是不可能接受的，誰惹出了麻煩，誰負責處理。」

「對，所以……我只能說我盡力。」

聽必安給出了初步的承諾，司機也不願意多留，正準備沿著原路離開之際，突然間想起了什麼，特地轉回那顆大光頭，繼續轉述老闆的交代，「對了，老闆其實還有說到一種更簡單的方式。」

「快說一說，然後滾。」必安實際上也沒有什麼力氣繼續繃緊身子站立著。

「妳如果無法解決鬼哥，那就解決自己的弟弟吧。」

「……」

「那種只會惹麻煩的米蟲消失了，對妳、我、老闆、金四角都好，把他交給鬼哥，什麼困難都沒了，如果妳下不了手，我可以提供私人協助。」

「……」

「我們認識許多年了，難道不清楚他惹的麻煩一次比一次大嗎……不用生氣，妳知道我講的對。」

「滾。」

「老闆知道他進過警局。」

「馬、上、給、我、滾！」

必安被徹徹底底地激怒了，最忌諱的逆鱗被碰觸，整張臉扭曲猙獰，僵硬的五官中藏著真正的殺意。

□

陽光從窗戶進入，一切陰霾全部暫時性地一掃而空。

大傻的身體保養得不錯，短短幾日恢復得比醫生預計要快，躺在舒適的單人病房，享受著自己老闆無微不至的照顧。

同樣是早餐店的同事，樂芙一大早就提著蘋果禮盒來探病，大傻很開心，對於鮮紅色的水果感到十分有興趣。

必安的內疚化爲實際的行動，乾淨寬敞的單人病房，需要自費的高級藥物，幾乎成台傭般的奉獻照顧，養得大傻白白淨淨，只論精神層面的話，可能比爆炸前更好。

樂芙來到醫院，在服裝與妝容上沒有特別的驚人之舉，看起來就跟鄰家的小妹妹沒有不同，就連笑容上的甜度也一模一樣，任何男性都會爲此得到源源不絕的活力，當然包括大傻。

「要快快好起來喔。」樂芙摸摸病人的頭。

大傻憨憨笑道：「好、好喔，呵呵。」

「馬的，笑得像是一隻撿到根爛香蕉的公猴，我在這邊做牛做馬就沒見過你這麼開心，你現在是沒見過女人，還是沒見過水果？」必安極爲不滿。

樂芙當作沒聽見，繼續柔聲道：「喜歡的話就快點吃吧，很甜的。」

得到允許，大傻興高采烈地拆開禮盒，取出最大、最紅艷的一顆蘋果，打算狠狠地啃一大口。

「停止。」必安說。

大傻的嘴巴張開了，只能呆呆地停滯。

必安的手放在桌面的刀子上。

大傻合上嘴，乖乖地將蘋果擺回原位。

必安拿起同一顆蘋果，冷冷地說：「我有沒有交代過，食物要洗乾淨才能吃？尤其是有噴農藥的作物，外皮一定要削掉。」

「唉，明明是善意、明明是一段很貼心的話，爲什麼妳能搞得像持刀搶劫？」樂芙坐在病床邊，失笑道。

「員工就是不能寵，不然一下子就無法無天了，沒錯，妳也是一樣。」必安說著說著，蘋果已經洗得乾乾淨淨，水果刀在她手上像是一把雕刻刀，平凡的紅色外皮與米色果肉，竟然被活生生雕出了一隻天鵝，擺在免洗盤上，像是遨遊在白色的池塘。

兩名被寵壞的員工一口一片果肉，吃得不亦樂乎，必安沒有讓自己鬆懈，按照慣例站到病房門前，關注外頭的任何風吹草動。

「不用這麼緊張，畢竟這是醫院，還有保全跟駐衛警。」樂芙招招手。

必安沒這麼樂觀，況且要防的也不只鬼哥，「妳別管，倒是我弟弟在妳那邊過得好嗎？」

「說到這我才想罵妳，怎、怎麼可以隨隨便便就塞兩個人過來，拜託，我住的地方是偏僻山中的破爛小屋欸。」

「越偏僻越好。」

「離最近的山線公車站要走兩個小時喔。」

「我弟不是有機車嗎？」

「騎到市區也要兩個小時啊。」

「既然如此，妳是怎麼上班、上課的？」必安問。

「呃……」樂芙從未預料到會面對這種問題，而且也沒辦法老實交代自己是透過把神的世界來當成任意門無限進出塵世，於是她選擇轉移話題道：「不過穩穩這段時間讀書很認真，果然在網路收訊糟糕的地方，會激發出前所未有的專注度。」

「這倒是眞的，只要願意用心，憑他的腦袋，沒有什麼是辦不到的。」

「至於燦燦就比較無精打采……可能是太悶了吧，常嚷嚷著無聊。」

剛剛對弟弟產生的驕傲之情全數一掃而空，必安笑裡藏刀地說：「當初就該把她塞進可燃的資源回收桶內，再綁在鐵捲門前面，讓鬼哥自行回收。」

「不要老是說做不到的狠話啦。」樂芙抽出面紙，細心地替大傻擦擦嘴，「你覺得我說的對不對？」

「對！」大傻憨憨地笑了。

必安忍不住罵道：「吃裡扒外的混帳東西……」

「安安，妳看大傻現在洗得白白淨淨，看起來也眞是一表人才，體格與膚色都跟穩穩有幾分接近，論臉蛋的好看度……嗯，一點都不落於下風欸。」

「瞎了嗎？我弟比他帥至少兩兆五千億倍。」

「剛好是妳的菜。」

「放屁。」

就算是被罵了，樂芙依舊是那副死豬不怕滾水燙的模樣，繼續對著大傻說：「你知道什麼是愛嗎？」

「蛋餅。」

「……這只能算是喜歡，愛是更高尙的情操，可以創造出無比強大的力量，就跟超能力一樣喔。」

「太厲害了……不過爲什麼呢？」估計大傻的專注力還是在蘋果上，隨口一問。

樂芙完全不介意，很認眞地解釋道：「因爲愛很複雜，沒有一定的運行規則，常常碰撞出矛盾的元素……比方說淡薄與濃烈、占有與疏遠、自私與犧牲、妥協與執著，這些，都是愛，差距在於我們觀察切入的角度不同。」

「嗯、嗯嗯。」

「但是，最大的困難在於，要怎麼製造愛？要怎麼製造出純粹無染沒有一丁點雜質的眞愛？大傻，你說說自己的看法。」

「呵呵，不知道。」

「沒錯，大傻眞聰明，絕大部分的人都不知道，所以需要聯誼、相親、交友ＡＰＰ、亂槍打鳥，衍生出一堆又一堆的麻煩，情侶之間動不動就反目成仇，夫妻之間的離婚率屢創新高，沒有一生一世了，沒有死生契闊，與子成說，執子之手，與子偕老了，讓我眞的很遺憾。」

「……很、很遺憾。」

「不過……其實是有辦法製造出愛的。」

「我想知道。」大傻非常配合。

「有沒有聽過一首歌叫作〈愛的眞諦〉呢？」

「沒有。」

樂芙輕輕地哼唱起來，「愛是恆久忍耐，又有恩慈，愛是不嫉妒，愛是不自誇不張狂，不做害羞的事，不求自己的益處，不輕易發怒，不計算人家的惡，不喜歡不義只喜歡真理……怎樣，我唱得好聽嗎？」

「好聽。」大傻又將蘋果塞入口中，空出來的雙手用力鼓掌。

「真識相，下次再買水果請你。」

「胡說八道完了，就快滾回山上，下次不要再來，醫院又不是多安全的地方。」

必安下逐客令。

「是是是，我就不打擾你們了。」

樂芙曖昧地笑笑，離開病床，一手勾起包包、一手拾起外套，跟大傻揮揮手表示再見，便往病房的門口走去，就在與必安擦身而過之際。

「回去幫我緊緊盯著那個女人。」必安低聲道。

「誰？」

「別裝傻，當然是燦燦。」

「應該沒這個必要吧……」

「我覺得非常有必要，這個女人一定很危險。」

「……」

「妳到底聽不聽我的？」

「好吧，誰教我是優秀員工呢。」

樂芙拍拍必安的肩，徐徐地走出病房之外，冷不防，像是想到一個忘記問的問題，雙腳停步，回過頭來……

「妳知道爲什麼歌詞的第一句，開宗明義就說愛是恆久忍耐嗎？」

「他馬的，誰知道啊？」

「也是呢，哈哈。」

□

深夜的醫院，過了家屬探訪時間，除護理站的護士們外，絕大部分都睡著了。

剛剛巡完房，病患的狀況都很穩定，今晚應該是很平安、很幸運的一夜，護士們交談的話題變得很輕鬆，聊著假日要去哪玩、最新韓劇的劇情、醫生之間的無聊八卦，而不是某某床的血壓過低，需要特別注意，或是某某病人的病況惡化，要趕緊挖起熟睡的住院醫師。

就是這樣的鬆懈氛圍，給了必安與大傻偷跑的機會。

趁夜逃跑的原因很簡單，同一個地點不可停留太長的時間，尤其是在被鬼哥追緝的狀況，萬一那個瘋子不管三七二十一，帶一群人殺進來，後果眞的不堪設想，勢必會有許多無辜的人受牽連。

必安再三確認大傻的病況，大傻也只會再三地說很好，其實根本就判斷不出是眞是假，不過外觀與對話溝通都沒發現不對勁之處，她便硬著頭皮當作他康復了，相信其優異的身體素質。

他們是用匍匐前進的方式度過最危險的護理站，順利地抵達樓梯間，必安早就事先踩過一次逃生路線，下樓梯到一樓之後，左轉，快步通過腦神經內科的門診區，再穿越繳費大廳，直走，越過這段長廊，就可以來到急診區。

醫院大大小小的門早就關閉了，唯有一個二十四小時經營的區域，自然就是急診室，這裡不分晝夜繁忙，吵吵鬧鬧的病患與家屬來來往往，根本就不會注意到有一男一女，從奇怪的地方出現，然後低著頭一直往出口而去，等到他們順利踏出急診室的那一瞬間，必安總算鬆一口氣……

「喂，你們？」正巧碰上從吸菸區回來的翠杉。

「妳好……事情不是妳想的那樣子。」必安選擇用最可疑的方式解釋。

「有健保的話，醫藥費會有補助啊，有需要逃嗎？」

「不是，我不是要逃避繳費，等到之後事情辦完，我一定會回來補繳的。」

「……那爲什麼要在三更半夜，偷偷摸摸地帶著弟弟出院？」

「這是因爲……」必安瞥了一眼大傻，想不出什麼像樣的藉口。

同時，翠杉也看了大傻一眼，心有觸動地說：「照顧他，是不是滿辛苦的？」

「是……還好。」

「我自己也有一個傻瓜哥哥，所以能夠體會。」

「……」

「我哥的腦袋和身體都沒問題，正因爲如此，才能惹出永無止盡的麻煩……有的時候，眞的恨不得把他綁在家裡，當條狗養起來算了。」翠杉想起過往，不免啞然失笑，「我哥的故事眞的太多了，可以說到天亮，再說到天黑。」

「我明白。」必安的話中有話。

「你們要去哪呢？」

「避……仇家。」

「弟弟惹的麻煩？」

「嗯。」

「是不是很無奈？」

「……」必安愣了愣。

「血緣關係就是這麼討厭的東西，常常很想一拳搥死他，卻又捨不得別人碰他。」翠杉是以過來人的經驗分享，語氣中充滿苦澀。

「大概……是吧。」

「聽著，我不知道究竟是怎樣的麻煩，所幸妳弟弟目前的狀況看起來還算是OK，我可以暫時當作沒看見你們，但務必要記住，如果未來有什麼狀況，譬如說耳鳴、目眩、頭暈、流鼻血等等，一定要馬上回來醫院。」

「好。」

「妳要明白，任何的麻煩，永遠比不上親人的一條命。」翠杉警告性地抬起手，指了指必安、指了指大傻。

「我明白。」

「那再見，保重了。」翠杉沒再廢話，很乾脆地回去急診室工作，由衷希望再也不要碰到這對姊弟。

必安拉起大傻的手，快步地往外走，他們的影子在深夜的路燈下，拉得特別瘦長，彷彿拉到最極限的黑色橡皮筋，隨時都有可能斷裂，啪一聲再也無法恢復原狀。

孤伶伶的男女，走在格外冷清的馬路，走了半晌，突然有了被整個世界嫌棄的惆悵感。

要走到公車站，需要一段漫長的步行，要等到第一班公車出現，還需要三個多小時……大傻看起來很笨沒錯，但依然察覺到了必安的不同。

她在思索，用一個全新的角度思索一位陌生人所說的話，由衷認爲護士說的沒錯，親人的性命，可以高過一切，不管是鬼哥這種神經病，還是老闆這種能呼風喚雨的大人物，都不能傷害弟弟，哪怕僅僅是一根頭髮。

不能逃避了，弟弟的人生怎麼能浪費在這樣的破事？就算鬼哥在外撒下天羅地網，也一定有辦法找到破口，而老闆給的無情期限同樣必定有洞可鑽，只不過是還沒想出來罷了。

否則，要一輩子逃亡嗎？

自己或許可以，但弟弟不行。

必安停下腳步，他們恰好停在無車經過的十字路口。

想要找出一條新路……如果沒有，那就挖出來。

她扭過頭，上下打量身旁的大傻，手伸進口袋取出手機，撥出司機的電話，根本不管現在是熟睡的時段……

「做什麼？」司機的語氣果然不善。

「幫我幾個忙。」必安懶得拐彎抹角了。

「爲什麼？」

「我需要。」

「憑什麼？」

「就憑你是老闆養的一條閹狗，如果老闆知道你連幾個小忙都不願意幫，導致工作發生嚴重延宕，你說說看，一條連屌都沒有的狗會有什麼下場呢？應該很快就會在某間非法的地下屠狗場發現你的殘骸吧。」

「我不需要被妳衡量我的價值。」

「那就請你很乾脆地展現自己的價值好不好？」

「……」

「一句話，幫不幫？」

「記住，我們勉強算是同事關係應該互相幫忙，私底下我跟妳這種女人無關。」

「你以為我想跟你有關係嗎？」

「幫什麼忙？」

「先打聽幾件事情。」

「說吧。」

「金四角。」

說到這個惡名昭彰的幫派名稱時，必安的雙眸逐漸變得混沌，混沌之中藏著濃濃的戾氣。

□

眾所皆知，金四角是個鬆散的組織，沒有明面上的生意掩護，也沒有人盡皆知的據點，從不玩黑道漂成白道這套，也不遊走在法律的灰色地帶，他們就是黑的，標標準準的犯罪組織，警方抓起來連一點顧慮都沒有。

要找金四角買藥或是買凶，一定要有門路。

必安換上一套純黑的運動服，宛若現代版本的夜行衣，已經很短的短髮還是乖乖收進鴨舌帽，讓外人第一眼難以分辨性別。至於大傻則是穿了必穩的長褲與長袖帽T，尺寸完美合身，拉上帽子繫緊，幾乎可以遮住八成的臉，讓五官都遁入陰影中，難以分別。

他們來到一棟最少有四十年歷史的商辦大樓，搭著隱隱有股死老鼠味的電梯上到七樓，進入掛著「金色貿易公司」招牌的辦公室，裡頭只有一名正在看電視的中年男子。

必安舉目所及，完全找不到商業貿易的味道，同樣找不到有公司營運的痕跡，反而空氣中若有似無地飄著連空氣清淨機都濾不完的可卡因臭味。

中年男子即便穿著西裝筆挺，仍無法掩飾毒蟲特有的枯瘦樣貌。

「你們好，我姓秦，你們是司機介紹來的吧？」秦先生很客氣地泡了熱茶，邀必安跟大傻入座。

熱騰騰的茶，必安根本不敢喝，直接扯開話題問：「你知道司機？」

「司機是誰不重要，重要的是他爲誰開車……哈哈，混久了，多少會有耳聞。」

「原來如此。」

「倒是我很好奇，你們是誰？」

「喔……我姓楊。」

「妳好、妳好，楊小姐。」

「你也好。」

「那他是誰？」

「我男友，特別請假陪同。」

「嗯，不過像你們這種年紀，應該是要找我們金四角的其他支部才對吧？」

「其他支部？」

「買一些娛樂藥品啊，最近大學生聽說又開始流行吃搖頭丸了。」

「不是，我要找你。」必安很肯定。

「喔？這表示妳清楚我們的業務。」秦先生更加好奇。

「當然清楚，我想殺一個人。」

「年紀輕輕的就想殺人……現在的孩子真是大膽，請問是情敵之類的嗎？」

「是金四角的鬼哥。」

「……麻煩再說一遍？」

「金四角的鬼哥。」

「哈哈哈哈，哈哈哈哈……」秦先生捧腹大笑。

必安面無表情，很冷靜地等到他笑完。

「抱歉抱歉，哈哈，是因爲眞的太有意思了，才讓我如此失態，眞的很不好意思，我會馬上收斂。」

「沒關係，我不在意。」

「在我繼續問下去之前，妳應該知道這裡是金四角吧？」

「知道，但說實在的，你們跟鬼哥根本扯不上什麼關係。」必安展現出與年紀不同的沉穩，「誰都知道，鬼哥是個瘋子，而且還是個吸毒吸太多腦袋壞掉的瘋子，不用算道上的那些恩怨情仇，光是金四角裡面，就有很多人想要他死。」

「這、這我可不敢亂講。」秦先生一凜，少了小覷，「既然如此，妳應找鬼哥的仇家，我可是做生意的生意人。」

「能夠尋仇又能夠賺錢，不是很好嗎？」

「欸拜託，我們也是講道義的，只要是金四角，統統是自己兄弟。」

「不如你先聽聽我的想法吧，最近鬼哥不是炸了一間早餐店還鬧上新聞？我就想趁這個難得的機會，報前男友的仇，讓鬼哥下地獄去懺悔。」必安侃侃而談，「於是我會聯絡其他幫派的人，在他分神的時刻從一個意想不到的點偷襲，送這個敗類上路，至於是什麼時刻，不能告訴你，但我可以很肯定地保證你們負責的工作非常輕鬆，比殺頭豬還容易，根本是一筆白賺的錢。」

「妳的前男友是？」秦先生的神情複雜。

「鬼哥毒癮發作時，活生生打死了他。」必安刻意說得輕描淡寫，一邊逞強、一邊說出一段肝腸寸斷、生死兩隔的苦戀悲劇，反正鬼哥殺太多人，短時間不可能查證。

秦先生聽完，遺憾地飲掉一口茶，相當同情地說：「請節哀……只是妳的忙，我依舊是幫不上，這鬼哥瘋起來，眞的誰都能砍，遑論我這種小角色。」

「再考慮看看吧，人手越多成功的機會越高，誰弄死鬼哥，就能得到四百萬……這筆錢是我一生積蓄，也是我的一生之請。」

「我怕是有錢沒命花啊……」

「他一死，萬事ＯＫ。」

「唉唉，我得勸勸妳，年紀輕輕不要太過執著。」

「這些年，我連身體都賣，就是爲了復仇。」

「唉……那買賣不成仁義在，今日我會當作什麼都不知道的……」秦先生起身，禮貌地送客，「趕緊走吧，以免有風聲走漏，對妳我都危險。」

必安扼腕地站起來，試圖做最後的努力，「最少、最少，替我通知金四角內，對鬼哥不滿的支部。」

「抱歉，請。」

「好吧。」

明白多說也沒有效果，必安惋惜地跟大傻一起走出了金色貿易公司的辦公室，而桌上的鐵觀音漸冷，似乎在記錄著人走茶涼。

他們的背影顯得特別的單薄與脆弱。

確認這對莫名其妙的男女離開，秦先生很快地撥出一通電話。

這串號碼貞的太常打了，高掛在常用紀錄的第一位。

「喂?鬼哥，我老秦啦，傷口是不是好得差不多了啊?」

「果然好了七七八八。你搞出的那起爆炸案，操，轟動武林，驚動萬教!」

「喔喔，我是有個新消息要通知你，剛剛有一對男女在我這邊鬼扯了一大堆謊言，其中那個男的，應該是你在找的那個人。」

「操，他們想請我派殺手殺你呀，哈哈哈，幹你娘，笑死人，我一路憋笑，憋得尿都快流出來了，誰不知道我們兩個感情好？幹，他們還搞了一個什麼愚蠢可笑的計畫，想聯合幾個仇家一起動手。」

「放心，我知道，我沒有打草驚蛇，只是你還是需要多注意一點，感覺起來他們有做準備。」

「沒錯，他們好像已經抓住了你一個比較弱的機會，會不會是你去醫院回診的時刻？」

「嗯，因爲我這裡有監視器，應該有拍到這對男女，你要不要過來確認一下？」

「行啊，我備貨等你，哈哈！」

秦先生哈哈大笑準備迎接貴客上門，一想到剛剛自己的演技唬得對方一愣一愣的，就恨不得把監視器的錄影拿去報名金鱗獎。

□

二樓。

家。

必安站在宛若車諾比核災現場的房間，頭皮有點發麻。

氣爆雖不足以摧毀整棟建築，但讓原先整整齊齊的家變得亂七八糟，是很簡單的。

先不論因爲劇烈震動倒塌的家具，光一樓起火產生的煙灰，就已經徹底毀掉窗簾、床單、棉被、大多數的衣物以及四面白漆的牆，更不幸的是失火自然是要滅火，消防車的高壓水柱當然不可能總是乖乖對著一樓店面，被震破的玻璃窗又不可能擋得住刻意噴灑的水，搞得房間內外像是被洪水淹過，灰燼與水液混合成根本擦不掉的慘烈污垢。

「我來清！」大傻高舉起手，自告奮勇。

「清得完嗎？」必安雙手扠腰，不知道該從何著手。

「我可以喔。」

「可以個屁。」

「我會一直一直一直一直努力，直到乾淨爲止。」

「幹嘛、幹嘛？炸壞腦子是不是，突然積極什麼？」

「因爲我是安安的老公！」大傻笑了起來，有點憨、有點甜。

「呸呸呸，不要給我胡亂升級成老公，噁心透了。」必安否認。

「所以是男朋友，呵呵。」

「不、不要給我隨便所以，先前是在演戲，你給我搞清楚狀況。」

「咦……安安的男朋友不是……我嗎？」大傻的笑容彷彿遭到絕對零度的冷風掃過，凝固。

「別擺出那張可憐兮兮的表情。」必安甩過臉去，不屑道：「怎樣？你以爲展現出好像遭到遺棄的小狗臉，我就會心軟是不是？」

「……」大傻噘起嘴。

「要當我的男人，你至少還差這一大段距離。」必安誇張地敞開雙臂，試著延伸出最大的長度。

趁這個機會，大傻就給她抱了下去。

「你在幹什麼啦！」必安一把推開他，滿臉通紅。

「不是要抱抱嗎？」大傻傻乎乎地模仿張開雙臂的動作。

「誰、誰要跟你抱啊，滾遠一點，不然他馬的踢死你！」

「喔……」

「喔什麼喔，還不快點找一找房間內有沒有還能用的東西。」

「喔……」

「不准一臉失望的樣子，快找！」

這次奇怪的誤會就在必安嚴格的命令中結束，他們各自拿著大袋子搜刮還能穿的衣物或是還沒被泡壞的日常用品，可惜實用的不多。大傻好不容易挖出一雙深埋在鞋盒中的名牌球鞋，雀躍地坐在床上穿起來，很神奇地還算合腳，而必安看了一眼，知道這雙是弟弟最寶貝的鞋子卻沒有出聲阻止。

她不想阻止在這慘絕人寰的困境中，僅剩的，那一點快樂。

比起弟弟，大傻眞的太容易滿足了。

一塊蛋餅、一雙鞋、一個擁抱、一個家。

她很肯定大傻根本不認識這鞋的牌子，也不懂這鞋擺上拍賣可以標出五位數字，他只是因爲得到一雙乾淨的球鞋而快樂，這是他獨有的價值觀，與正常人無關，也不一樣。

他們整理出兩袋的堪用物品，像個即將離鄉背井的流浪漢，坐在同一張髒兮兮的桌面，一齊透過破掉的窗，望向天空逐漸墜落的夕陽，寄望能從橙色的柔光中找到一點難得的安詳，這段提心吊膽的日子，對她而言著實是太疲憊了。

「這裡，我住了整整二十年，就沒想過會變成這樣子。」必安需要說說話。

「安安，很難過？」大傻歪著頭。

「原本以爲會很難過，可是沒有。」

「嗯嗯。」

「至少弟弟很平安……我很慶幸，早早送他去樂芙的住處藏匿，讓所有的危險與他無關。」

「壞蛋想找到穩穩。」大傻像是終於弄明白目前的險境，「是、是上次揍我的壞蛋。」

「對，我絕對不能讓這些人找到弟弟。」

「對對對。」

「媽媽臨終前的遺願，是再三要求我，要照料弟弟、要培養弟弟，未來成爲了不起的人。」必安對自己有些失望，「萬般皆下品，唯有讀書高……這句話很八股，卻是無比正確，對於課業這方面，很遺憾我幫不上什麼忙，書終究是得靠弟弟自己讀進去，不過我能提供一張書桌、一個環境。」

「書桌？」大傻聽不懂了。

「給他一張乾淨的書桌，然後將附近全部的蟑螂、老鼠統統扼殺掉，營造出沒有害蟲的寧靜環境……」

必安的語氣中有著毫不掩飾的暴戾之氣，一想到層出不窮的害蟲一而再、再而三地影響弟弟的人生，雙手便不自覺地緊緊握住，彷彿媽媽的遺願被玷污了，這些年來自己的努力全然付之東流。

「那安安呢？」大傻問。

「我？」

「安安的遺願呢？」

「我又還沒死，你問的是願望吧！」必安凶歸凶，但剛剛的陰狠瞬間一掃而空。

「對對對，是安安的願望。」

「我希望弟弟永遠過得很好。」

「不是穩穩，是安安的願望。」

「……我沒什麼願望。」

「一定有的。」

「硬要說的話……」必安慘澹地笑了，「我希望能早點回去讀書，學習新的知識其實很有成就感，即便我學得不好，而且只是夜間部的學生。」

「那我也要去讀書！」

「好呀，之後我們一起去，由我來給你加強補習。」

「我想補習。」大傻很開心，比出去玩還開心。

「在補習之前，我得先確認你的學歷程度，你認不認識字？」

「……」大傻心虛地搖搖頭。

「至少會寫自己的名字吧。」必安以指尖，利用桌面上的灰寫下「大傻」兩個字，極爲秀氣。

「不知道……」

「沒關係，以後我教你寫。」必安在大傻兩字旁，寫下自己的名字，「這三個字唸楊必安，懂嗎？楊、必、安，是我父親取的，意即必定平安的意思，很直截了當，我挺喜歡的。」

「這是安安的名字？」大傻手指著桌面。

「對。」

「那……」

大傻這手指不算穩定，指尖的部分輕輕地顫抖著，然後在兩個人的名字周圍落下，沿著這五個字，慢慢地拉出一條弧線，最後頭尾相連，成了一個類似扭曲的愛心圖案。

「你幹嘛？」必安的呼吸節奏變得有些不穩，「醜死了，你畫的愛心眞的亂七八糟，而且誰要跟你的名字連在一起呀。」

「……」

「塗掉、塗掉。」

「不是愛心，是房間，我們一起待在一個房間裡。」

「喔……原來不是愛心。」

「是房間。」大傻再次強調。

不知道爲何總感到不爽的必安怒道：「知道啦。你的房間未免畫得太簡單、太抽象了吧，莫名其妙，你連美術都不及格！」

「我、我沒上過美術課……」大傻微微地笑了，雖然是笑，卻很自卑。

「……你別老是擺出這種表情。」必安突然覺得心底有一個部分酸酸的。

「對不起。」

「不要動不動就道歉，反正……我的美術成績也很糟糕，我們誰也不能笑誰。」

「呵呵。」

「混蛋，不是說好不准笑的嗎？」

「呵呵。」

「馬的。」

夕陽的光逐漸昏暗，夜晚遲早會降臨，必安罵歸罵卻一直沒有挪動身子，似乎是很捨不得眼前的景致消失，雙眼貪婪地想要記錄面前的畫面，以及不可思議的溫暖感覺，希望手中有個無所不能的遙控器，可以動動手指讓時間停留，哪怕是五分鐘、十分鐘也好。

一陣暖風吹來，可惜窗簾沒有隨風揚起，必安撥開遮住臉龐的髮絲，用很輕很輕的口吻說……

「這件事忙完，我們去查查你的名字吧。」

□

秦先生是個老江湖了。

要提供情報自然不會提供個半吊子。

在必安離去金色貿易公司的大門起，就已經有小弟默默地尾隨跟蹤。

等到鬼哥親眼看過監視器的錄影，透過外觀與身材幾乎斷定是自己的仇家，秦先生才不疾不徐地告知藏匿地點，換到了不少實質上的好處。

鬼哥聽到地點是安穩早餐店，還認爲自己被耍了，正要發作之際秦先生趕緊解釋，根據回報目標進入安穩早餐店就沒有出來，除非會瞬間移動否則人篤定在裡面。

秦先生爲了自己的生命安全著想，再講解了「最危險的地方即是最安穩之所」的道理，拆穿這種手段是標標準準的心理戰術，就算一樓被炸成公共場所，也不代表沒有暗室之類的躲藏點。

直罵對方陰險狡猾，鬼哥怒氣沖沖打電話命令手下集合，準備直接殺上門去，一口氣逮住這對姊弟，並且要在仇人面前好好地、徹底地、漫長地凌虐他的姊姊，逼他在最近的距離收看這場好戲。

浩浩蕩蕩，三輛休旅車載著十八人出發，個個手持刀械棍棒，殺氣騰騰。

途中，鬼哥接到一通可疑的電話，稍加權衡之後，還是決定派一輛車到其他的地點去，自己依舊帶著兩輛車的人前往安穩早餐店。

即將天亮，這是一日當中最冷的時刻，肅殺。

兩輛休旅車就堵在門口，像兩道臨時建起的黑牆，外頭完全看不見裡面的狀況。

十二人魚貫下車，鬼哥慢條斯理地墊在最後，稍稍撥開臉上的鬼面，想要抽一根菸。

其實這棟樓不算大，這樣的人數下去搜索，就算是一隻蟑螂也有辦法找到。

伴隨著七星香菸的白煙繚繞上升，鬼哥從容愜意，等待著消息。

菸沒抽上幾口，就已經有人來回報，一樓只剩一片髒亂，沒有剩下什麼，至於地下室有一道鐵門上鎖，八成人就在裡面。

鬼哥亢奮地大笑，滿腦子想的全是殘忍報復的畫面，扔掉菸，踩熄，跟著走進廢墟當中，一同來到地下室，立刻聽見陣陣的踹門聲。

顯然鐵門相當堅固。

「鬼哥，這門是撞不開的。」小弟傳來違心的消息。

「幹，還不把電子鎖給我敲碎。」

「不行、不行，鬼哥，這種新科技的鎖，要是遭到破壞馬上就會內外鎖死，並且通知保全公司。」

「那怎麼辦？操你娘的，他們萬一給我躲在這個龜洞永遠不出來，我是不是要跟你在這等到死啊？」

「我不敢跟鬼哥唬爛，但之前我家是開鎖店，有一組噴燈可以對付這種門。」

「幹，爲什麼不早說？噴燈呢？」

「我回去拿，就在附近。」

「滾！」鬼哥大吼。

趕緊上樓的小弟被踹了一腳依然很開心，自家開的鎖店早就倒了，要吃點藥也沒地方拿錢，現在好不容易有個表現的機會，只要哄得鬼哥高興，以後就能跟在屁股後面吃香喝辣……

種種的美好藍圖於心中翩翩飛舞著，他的嘴角露出了不經意的淺笑，全是對未來步步高陞的憧憬，開心興奮之情，直到十幾、二十位的紅衣人成群出現，不幸地宣告終結。

這紅，紅得像一團燃盡一切的業火，從店門口爲起點開始燒，遲早會呑噬掉整棟房子。

地上躺著三、四名本該顧在店門口的兄弟，毫無反應如同偷懶睡著了，這讓他的手腳發冷，立刻察覺到霍然逼近的危機，想回到地下室去求救，寄望鬼哥能擺平所有的麻煩……

唯一可惜的地方在於他沒有這個機會，畢竟五秒後他也成爲倒在地上的人之一。

鬼哥養的人不全是飯桶，很快就有人警覺到這群不速之客，高聲向兄弟們示警。

既然被發現了，紅衣人當然懂得速戰速決的道理，很自然地分成兩組人，一組往上、一組往下，精準執行自己的工作。

最大的衝突點發生在通往地下的樓梯間。

總共有近二十人將上下的通道堵得水洩不通，現場狹小、緊迫、壓抑，連氧氣都快速地減少。

紅衣人殺伐果斷，不多說廢話，個個有明確的目標，碰上非穿著紅色衣物的人就是打、就是砍，根本不需要多問什麼，反正就是拿錢辦事的工作。

「操，你不是青峰堂的人嗎？」

「幹，你是聚合幫的人？」

鬼哥的小弟們感到十分錯愕，彼此之間無冤無仇，過去在路上遇見，甚至還會打聲招呼，就算是針對金四角這塊招牌而來，也沒有道理偏偏找上了自己的支部，大夥認爲有可能是誤會一場，不斷地試圖跟對方溝通。

然而，被認出家底的紅衣人，只砍得更狠、更凶，如果不置目標於死地，未來自己也會遭遇到報復，家人親友全部都有危險。

這本來就是進去了便再也走不出來的世界。

整條樓梯的空間有限，充斥著憤怒的髒話罵聲與痛楚哀號，所有人靠得很近卻沒辦法聽見對方在說什麼，全融成一團類似電視收訊不良的噪音，血光、刀影，近距離的搏鬥，往往連刀都沒有砍到底的機會，直拳都不可能眞的伸直。

彼此牽制著，你卡住我的刀，我掐住你的棍，你擋住我的肘，我踩住你的腳，大家的動作變得很慢，越來越沒有施展的空間，狀況卻依舊殘忍，只是看起來很滑稽。

可以看見指甲內滿是污垢的爪，朝自己的眼珠子湊近，除了破口大罵之外，根本騰不出手阻止，只好扭過頭避免最脆弱的器官被傷害，同樣地，也可以看見發出寒芒的刀尖，緩緩地接近自己的腹部，縱使已經用雙手去握住對方持刀的手掌，不過力量懸殊，使盡吃奶的力氣僅能讓刀刃前進的速度減慢，卻沒地方逃，因爲後頭全是人。

有的人顧不得面子了，嘴巴開始求饒，但沒有人聽得見，僅能眼睜睜地看著，刀尖刺入自己的腹部，慢慢地，一公分，兩公分，三公分……刺穿了皮膚與脂肪，準備進入內臟，血漸漸地流了滿地，這種慢動作的恐懼，遠比生理上的疼痛，更加折磨人。

這只是一個小小的部分，類似的事件在其他十幾人中以不同的樣貌上演。生死攸關，歇斯底里地吼叫，全部都瘋了。

極爲慘烈。

從另外一個角度來說，樓梯間根本就是必安那台大型絞肉機的翻版，遲早會把所有的人攪成碎肉。

鬼哥的地位最高，受到層層的保護，暫時可以置身事外，即便如此，他站在鐵門前，依然感受到層層的人浪朝自己襲來，臉上的面具早就被擠掉，被不知道誰的腳踩成碎片。

他沒有機會控制場面，喊破喉嚨也沒辦法把命令傳遞出去，進退維谷的最主要原因，就是在一樓的紅衣人不斷地往下突破，很顯然，他們的目標就是自己。

實在是想不通，這些穿著紅衣服的打手是怎麼來的？明明帶著十幾個人來對付一對姊弟，絕對是輕輕鬆鬆，隨隨便便就能收拾的，爲什麼反而陷入了危險？鬼哥此時好想來點K他命，消除無止境的煩躁。

「操你媽的！」

鬼哥從後腰拔出一把改造手槍，對著上方連開兩槍。

砰砰！

樓梯間瞬間靜了下來，上面的紅衣人也很愛惜性命，慢慢地往後退……

「我不管你們是從哪裡冒出來的廢物，看到我手上這支，會怕了吧？幹你娘，誰再給我吵吵鬧鬧啊，再給我大聲啊，幹！」

的確沒有人敢出聲。

正是隱藏在死一般的寂靜中，鬼哥後方的鐵門無聲無息地開了一條縫，伸出了一把冰錐，穩穩地刺入了他的背。

吃痛，他轉過身，一臉猙獰。

砰砰砰砰砰砰砰砰砰！咔咔咔咔咔……

十發子彈用完，後續再扣扳機也沒有效果。

鬼哥很肯定埋伏鐵門後面的殺手死了，但他終究不敢完全推開門，大口大口地喘著氣，畏懼裡面還有其他的殺手。

整個後背到臀部都是溫熱的，很快，大腿到小腿這段也感受到令人發冷的熱，是血，無論黏膩的觸感或是鐵鏽味的腥臭，他很清楚地知道不斷流失的是自己的鮮血。

這種紅色的液體，鬼哥再熟悉不過了，每一回砍人，刀刃切開對方肌膚的瞬間，以及每一次注射毒品，針頭從靜脈抽出的瞬間，皆可以見著這讓人愉悅的紅色，不過當大量的血液從傷口中流出，還伴隨著嚴重的頭暈目眩時……

鬼哥恐懼了。

再這樣下去會死掉，就跟半年前被他一刀捅死在酒店大門前的可憐鬼一樣……再這樣下去會死在又黑又臭的狹小空間，就跟三週前他在公廁勒死的倒楣鬼一樣……他是鬼哥，他自認跟他們不一樣，猛力拔出插在身上的冰錐，點點的血液沿著錐尖在牆面灑出一道密集的紅斑。

「幹，都給我滾開！」

鬼哥雙眼通紅，被激出體內最原始的凶暴獸性，明明手中只是一把不起眼的冰錐，比起改造手槍的威力可謂是天差地遠，然而所有紅衣人卻不約而同地後退一步，異常警戒地瞪視著目標，握住凶器的手掌沁出冷汗。

雙方都是拚著最後一口氣，在越來越壓抑的空間中，殺出一條往上或往下的血路。

安穩早餐店的頂樓天台，右走到底爬過女兒牆，跨過高約十七米的懸空距離，就能到達隔壁棟，然後從樓梯一路往下，經過二樓、一樓，最終抵達地下室，有一道普普通通的藍色鐵門，裡頭的必安與大傻正擠在一塊，透過新買的監視器觀察自家的即時狀況。

這裡便是必安過去租下的倉庫兼安全屋。

最危險的地方也是最安全的地方，她將這條往往是嘴上說說的真理發揮到極致。

「好多、好多人……」大傻指著平板電腦的螢幕。

「這種限制級畫面，小孩子不准看。」必安沒撥開大傻遮住螢幕的手，反而出手擋著他眼睛。

大傻閃過頭，不滿地抱怨道：「我不是小孩子。」

「一樣。」必安再擋。

「好多紅色。」大傻再閃，抓著礙事的手，擁進懷中。

必安盤著雙腿，沒抽出右手，僅用左手撐著下巴，面無表情地解釋道：「穿紅色的，是我叫來的打手，透過司機從各幫各派找來堵住鬼哥。」

「好多殺手。」

「不是，我沒那麼多錢請這麼多殺手，紅衣人全是一般的地痞流氓，接到我的委託時多半誤以為是尋常的堵人圍殺而已，結果沒想到鬼哥帶了一票小弟，從單方面的圍毆成了群毆，還陷入了不搏命反而會賠命的為難狀態，他們一開始必定認為己方人多勢眾，這筆錢會很好賺吧……」

「沒有殺手。」

「其實有的，我讓他埋伏在地下室，隨時看情況偷襲。」必安冷冷地說：「可惜我的現金，只能夠聘請一位專業殺手。」

「殺掉壞蛋。」大傻的雙眼還是盯著螢幕。

「沒錯，威脅到我弟弟的人全是壞蛋。」

「不過……紅衣人好厲害，知道壞蛋在這裡。」

「不是他們厲害，而是我理解這些壞蛋的思維……我們去見的那位秦先生，百分之一百會派人跟蹤我們的行蹤。」必安一邊冷笑、一邊解釋道：「原因很簡單，一條情報要値錢，絕對要有頭有尾，如果他只是認出了我們，而不知道我們的下落，那必定無法賣人情給鬼哥，說不定還會激怒鬼哥。」

「是喔……」大傻一副就是有聽沒有懂的樣子。

「這位專業的殺手很厲害，我對他有信心。」必安說著說著開始有點緊張，雙手合十，虔誠地說：「可惜我安裝的監視器，沒有拍到樓梯間內的狀況，眞是希望……鬼哥能夠早點去死一死，如果眞的有死神還是什麼鬼差之類的，趕快過來吧。」

她其實很少求神，但能夠爲威脅到弟弟的人破例。

□

「可惜我不是死神，沒辦法達成妳的願望。」

樂芙就站在必安與大傻的身後，彎下腰，窺視著同一面螢幕，周圍散發濃稠的粉紅色流光，讓一個破破爛爛的地下室像抹上了一層甜膩的草莓糖霜。

親眼見到他們靠在一塊，在特殊的狀況中不離不棄地相互依偎，就委屈又焦慮地跺了幾步，雙手宛若抽出一條虛擬的線，想將必安跟大傻嚴嚴實實地捆成一團，可惜虛擬的線終究是虛擬的線，不管是塵世還是神的世界皆不存在，樂芙煎熬地死死咬著下唇，依舊痴痴地等待。

「到底還要讓我等多久呀，眞討厭，難道不知道人家就是那種閱讀小說會先翻到最後一頁看結局的神嗎？」

他們專注地盯著平板電腦，深深爲隨時會出現的結果著迷，樂芙則是專注地觀察著他們，難以抑制的悸動讓身子開始微微輕顫，對她而言發生在樓梯間的血腥殺戮根本不值得一提，經歷過無數次戰爭的愛神見過更痛、更殘暴的畫面，早就認定生理上的疼不過是一時的，談不上刻骨銘心，也跟雋永無關，區區一劑嗎啡就能搞定。

她想看的不是死幾個人，她想看的是眞正純粹的情感。

很急，樂芙此時就如餓好幾天的流浪貓，偏偏愚蠢的人類又打不開罐頭……

鬼哥的生死，究竟能讓這團因果滾向哪個方向？她的耳朵不斷聽見必安的祈禱……或者說是詛咒，也不免好奇起這個答案，雖然有點莫名其妙，在這場浪漫愛情劇中，怎麼會讓黑道片中會出現的標準角色，成了左右路線的關鍵人物？感覺好差。

「好吧，我也希望他快去死好了。」樂芙喃喃地說：「不過我向來是反指標……」

說時遲，那時快，螢幕上此時有了新的變化，一個男人踉踉蹌蹌地登上一樓，進入鏡頭拍攝的視野中，渾身是血的血人完全分不出是自己的血還是別人的，反正早就染成同樣的顏色，不透過科學測試，本質上無法分辨出來。

樂芙跟大傻看不出這位逃出死劫的倖存者是誰，不過事前有做功課的必安已經張開口，立體的五官冷得如冰雕，不帶有一丁點溫度。

「是他。」

「壞蛋……真可怕。」

「你害怕嗎？」

「怕。」

「我會保護你。」

樂芙在這麼近的距離都無法精準地判斷，必安這句話是不經大腦的隨口說說，抑或是在非常狀況中才會出現的非常承諾，但無論如何她能清晰地感應到，不可視的因果在猛烈地震動，這是她想要的、這是她喜聞樂見的……

甩著黑色的雙馬尾，愛神無聲地笑了，格外猙獰且扭曲的笑容，粉紅色的喜嫣紅光開始狂亂地朝四周延伸，轉眼間便吞噬掉整個地下室，如同一頭長滿了粉紅色鱗片的巨大異獸，饑渴地流下同爲粉紅色的唾液。

渾然不覺的必安站起身來，關掉平板電腦的螢幕，從背包中找到用報紙包覆的扁鑽，整張臉連一絲血色都沒。

她希望在事情的最後，需要獨自面對的時候，手邊有提升勇氣的道具。

大傻握住她的手腕，一直不安地搖頭。

「沒事的，我保證。」必安柔聲道。

「不行、不行不行……」

「你不懂啊，你還有太多事不懂了……從小到大，我一直很好奇，假設這世上有神明的話，爲什麼要讓弟弟降生之際，很多餘地讓我一起出生，媽媽也曾經說過，要不是我在肚子內分掉弟弟的養分，說不定弟弟會更加聰明。」

「不、不是這樣。」

「我覺得是這樣沒錯，比起弟弟，我根本什麼都不是……」必安並沒有很難過，只是輕輕地點頭道：「等到媽媽過世，聽到她最終的囑咐，我才總算確認了神明讓我們成爲雙胞胎的原因。」

「不會有這樣……原因……」大傻手握得更緊。

「弟弟其實不如媽媽預期的完美，而我需要承擔弟弟不完美的部分。」

「……」

「別擔心，我出去看看罷了。」必安推開大傻，微微地笑了笑，「我的安排也沒那麼簡單，放心、放心。」

「我不知道安排，我知道安安危、危險。」

「姊弟之間就是這樣，我相信今天假如是我有麻煩，弟弟也會義無反顧幫忙，在身處絕境時，唯有血緣關係是不可動搖的保證，我幫他，他幫我，天經地義……更何況，現在根本沒危險，金四角又是這種自私自利的幫派，各個支部經營著自己的買賣，你以爲他們有空管到這來？還會替兄弟兩肋插刀？」

「我也去。」

「你不怕嗎？」

「不、不怕。」

「走吧。」

經過必安同意，大傻跟著一起離開地下室，不過在回到一樓前，已經將用報紙捆著的扁鑽搶過來揣進懷裡。

另一邊，鬼哥拖著無比沉重的腳步，在地上拉出兩道明顯的紅色行跡，慢慢地繞過休旅車，想到路中央去攔一輛車，畢竟目前的狀態不可能再開車了。

憑著一身凶氣殺出重圍，再用所剩不多的可卡因去壓住痛覺，一走出早餐店，緊繃的凶氣散去，藥效也漸漸退了，那種天不怕、地不怕的精神不可避免地頹靡，兩隻手連舉都舉不起來，每一步都在昏厥的邊緣。

是一股恨意仍在支持他。

明明是一對普通的姊弟，竟然一而再地傷害、折辱了自己，不能接受，不可饒恕，鬼哥緊緊咬著牙關，無法分辨的情緒，憤怒、執念、殺意、羞恥、恐懼、意外，以上，全部在大腦中攪成一團，變成了渾濁的、純黑的、比毒品更有渲染力的意志。

他要讓這對姊弟挫骨揚灰，所以現在還不能死……

可能是腎上腺素的激發，堅強了求生信念，鬼哥的腳步逐漸穩定，慢慢地來到馬路正中央，第一眼便瞧見了必安與大傻。

「哈哈哈哈……很好，你們一起來。」

畢生堅持的自尊不允許鬼哥示弱，於是他就算身揹七、八道刀傷和刺傷，血液沒有停住的跡象，依舊站得直挺挺的，手握著先前搶來的藍波刀。

必安沒有動，大傻當然也沒有動作，一齊站在馬路邊，與鬼哥隔著四、五公尺的距離。

安穩早餐店前的馬路本來就是不大的兩線道，來來往往的人車有限，目前看不見半輛計程車，而一般的民眾瞧了鬼哥的凶相，全數極有默契地加速離開，不可能有人願意停留。

「你要是能夠對神明立誓，再也不為難我們，我可以替你叫救護車。」必安坦承地說：「先坦承，我的確是不安好心，因為你被送進醫院，警方立刻就會出現，依你這輩子幹過的髒事，估計我們不會再見面了。」

「操妳娘，有種一起過來殺我，看是誰死誰活。」鬼哥不會妥協。

「再過不久，你就會死了。」

「不用擔心，這點小傷我死不了。」

「我弟弟……跟我們是不同世界的人，你們有什麼恩怨都沒關係，只要找我就好。」

「是啊，我會找妳，再找上妳的親朋好友、再找上妳的愛人、家人，一個接著一個……殺得乾乾淨淨，懂嗎？我要殺到這個世界上沒有人認得你們為止！」鬼哥狀若瘋癲，噴出滿嘴的血。

「你動到我弟，就是這樣的下場……不，應該是說，你小看了姊姊保護弟弟的決心。」必安心底清楚鬼哥想拖時間，也很乾脆地配合演出，說說沒跟別人提過的事，「小時候，我跟弟弟去活動中心玩，弟弟看到一整排的漫畫，不免興致勃勃地借幾本回家，當然這是偷，我知道，媽媽也知道，自然惡狠狠地揍了我一頓，一直問說是誰動手偷的，媽媽其實見到漫畫的題材就清楚小偷是弟弟，但她依舊是折磨了我數小時，爲了撬開我的嘴，不惜用蚊香燙我、用水淹我。」

「嘿……」鬼哥咧開嘴。

「即便如此，我依然一邊痛哭求饒、一邊堅持是我偷的……最後，媽媽很高興，說我是乖女兒、好姊姊，親自替我上藥，帶弟弟跟我去吃了一頓美味的大餐，因爲，這就是姊姊該做的。」必安自然而然地撫摸手臂上坑坑洞洞、凹凹凸凸的刺青，這些遭到鮮艷顏色覆蓋的傷疤，是她身爲姊姊的證明。

「好感人。不用擔心，等你們落在我手上，我一定把你們全身上下，任何的凸起削下來，最終成爲兩根光滑的肉棍，再替你們插在一起，讓你們姊弟永生永世不、得、超、生！」鬼哥說到最後幾個字時，幾乎快咬碎了牙齒，瞳孔的微血管滲血。

「你不知道我真正的工作是什麼，就不要用這種話來威脅我……」必安搖搖頭，難得的輕蔑。

現場的狀況，突然之間變化了。

一輛黑色的休旅車疾駛而來，型號與鬼哥開來的那兩輛相同，卻帶來了幾乎不同的局勢傾斜。

鬼哥與必安的表情在同一時間有了轉變。

「哈哈哈哈哈……哈哈哈……」鬼哥抓住自己的頭髮，昂首狂笑。

「你先走……快點走……」她低聲地催促大傻。

大傻依靠非常低落的察顏觀色能力都能感應到危險在靠近，但這個時刻不能離開，一定要片刻不離必安，於是他偏執地定足，死都不肯挪動腳步。

必安很著急，使勁地猛推大傻幾下，氣道：「你偏偏要在這種時間不聽話是不是？」

「不走。」

「信不信我當場踢斷你的腿，然後像拖大型垃圾一樣，把你拖進去冷凍庫內，跟一些你最愛的火腿擺在一起？」

「我不走。」大傻輕輕地拉著必安的衣襬，像個倔強的小孩子。

「滾。」必安撥掉他的手，「再不走就來不及了。」

「不用走了，你們一個都逃不掉的。」鬼哥邪邪地笑。

正如他所言，黑色休旅車裡頭全是金四角的人，開了車門，一個一個人高馬大的壯漢下車，最後是雙方都見過的秦先生。

秦先生依然是那樣的西裝筆挺，一見到鬼哥的慘狀，難以置信地說：「幹，怎麼搞成這樣？」

「馬的，還不是這對姊弟陰我……替我逮住他們，再好好地照顧他們，然後我要親自料理。」

「哭么，我先帶你去醫院吧。」

「你他馬的是聽不懂我說的話？」

「是啊。」

冷不防，秦先生從西裝外套內抽出一把短刀，直接往鬼哥的胸口猛刺整整十二刀，眼睛連眨都沒眨。

必安眼明手快地遮住大傻的眼睛，深怕殘忍的畫面，會對他產生不良的影響。

鬼哥瞪大雙眼，只能眼睜睜地看著，異常鋒利的金屬不斷在自己身體進出，連動都不能動，詭異的是，並不會感覺特別疼痛，彷彿這個身體跟自己沒有任何關係。

「對了，闊嘴跟小林哥要我告訴你，好好地安息，不要擔心家裡的女人跟地盤上的業務，大家會好好照顧的。」秦先生如約轉告，算是盡了自己的責任，不過朋友一場，當然有一點愧疚，「啊抱歉啦，這一筆我不做，也會被別人賺走，實在是沒辦法，本來是想大聲拒絕的，但闊嘴跟小林哥給的好處實在是太香了嘛。」

「你……居然……雙頭賺，你兩面三刀的畜……畜……」

「哎呀，好處就是好處，哪有分誰給的呢。」

「……」鬼哥的生命在快速流逝，能站立不倒就已經是不可思議的奇蹟，要再開口臭罵，放聲咆哮天地不公，顯然是力有未逮了。

「行了，請鬼哥上車，讓他躺平休息。」秦先生一聲令下。

一名惡煞用塑膠袋套住鬼哥的頭部，斷絕他漸漸渙散的視線，阻止慢慢虛弱的喘息，另一名惡煞從後面勾著他的脖子就直接往休旅車內拖，過程粗暴，完全當成是屍體在對待。

「ＯＫ，那我們走啦。」秦先生高舉雙手，對必安親切地招呼道：「麻煩再替我跟妳的老闆問安，說如果有空可以到我那泡泡茶。」

必安當作沒聽到，轉過身去觀察大傻的五官與反應，就怕他還是見著了什麼太驚悚的畫面。

不到三十秒，她身後的小馬路恢復暢通，除了柏油路上的一大灘血，好像剛剛根本沒發生過任何事。

□

點了一盞燈，地下室中唯一的光源。

如果有個意外闖入的人，他必定會掩著口鼻，避免飄散空氣中的灰塵進入胸腔，然後立刻往後退了出去，反正倉庫就只是尋常的倉庫，連鐵門都是三十年前的古董舊款式。

扣掉一個又一個的敗破紙箱，以及不知道死在哪的鼠屍，其實沒有半點值得注意之處，如果不幸瞧見黑暗中有一對男女靠著牆坐，也頂多是認爲可憐的街友想借個棲身之所，不必要聲張打擾。

不過，樂芙知道，這是必安最隱密的安全屋，別看紙箱破破爛爛的，裡面全是滿滿的水、生活必需品與乾糧，眞的要躲，可供兩人躲上一段時間。

親眼看見生死一線，體驗著劫後餘生，今日晚餐當然不吃戰備軍糧了，必安特地叫服務到家的麥當勞外送，算是犒賞近期吃不少苦頭的大傻，順便慶祝彼此平平安安地度過一場劫難。

鬼哥死了，事情就畫上句點。

別以爲會發生黑幫電影兄弟尋仇的橋段，大家都很忙，沒這種美國時間。

於是必安徹徹底底地放下心中的大石，平時不愛吃速食的她都覺得手中的麥香雞堡特別好吃……

何況是無時無刻都能吃得津津有味的大傻，連沾到醬的手指都快吃進去。

「看到有人死掉，害怕嗎？」必安關心地問，漢堡還有大半。

「怕。」大傻一愣，怕到連雙層牛肉吉事堡都忘記要吃。

「別怕，他們統統是壞人，互相殺來殺去，正好爲民除害。」

「爲、爲什麼？」

「因爲金四角就是這種噁心下作的幫派，過去我在酒店工作實在看得太多了，黑社會的人大多是這副德性，而金四角還更格外無恥。」必安吸了一口可樂，繼續解釋道：「雖然弟弟見義勇爲的性格導致脾氣很大，得罪過很多人，但鬼哥這種得理不饒人的囂張個性，註定有很多的敵人巴不得他去死，只是暫時找不到恰當的時機，又怕行動失敗鬼哥會反過來報復，才一直拖到今天沒有發作。」

「喔……」

「所以我給他們一個『恰當』的時機，假設鬼哥是若無其事地走出早餐店，那他們會坐壁上觀，當作什麼都不知道，可是鬼哥走出來時已經身受重傷，他們怎麼可能縱虎歸山？怎麼可能放棄掉夢寐以求的機會？一旦狠下心，動起手來比外人、比敵人更致命。」

估計是用太多成語了，大傻一副有聽沒有懂地說：「喔喔。」

「至於秦先生徹頭徹尾都是個商人，心中唯一的度量衡就是利益，他會一轉身立刻把我們賣了，同理，只要有好處，賣掉同幫的兄弟，也不過是價碼高低的問題而已。更絕的是，他還會幫忙集資找買家，把一條命重複賣給鬼哥的其他敵人，一魚三吃。」在危機過去，必安鬆懈的當下，也沉浸在莫名的悲哀，「從這個角度看來，其實人與冰箱的火腿沒兩樣，還不是切一切再賣出去。」

「火腿好吃。」

「嗯，也比較好處理，我真的得感激秦先生把屍體帶走，否則……又要工作了。」

「討厭……工作。」

「沒辦法，這工作不是表面上的滅屍而已，不是說我想辭職就能辭職的。」必安的臉蛋出現了難得的溫柔，「喂，你會幫我吧？」

「……」大傻皺著清秀的臉龐。

「別想裝傻，你敢背棄我，那台特製大型絞肉機就是你最後的歸宿！」必安張嘴就要去咬大傻手中的漢堡。

大傻在食物面臨危機的瞬間，展示驚人的反應速度，手一挪，害某人咬空。

「……」臉色一沉，必安不滿地說：「你的高級漢堡讓我吃一口。」

「不要。」

「你真的很小氣。」

「不是小氣……」

「那我用我的低級漢堡換你的高級漢堡？」

「……」面對惡勢力的欺壓，大傻有些徬徨。

必安當然是在逗他玩，剛剛陰沉的面容隨著莞爾一笑變得柔情似水，有些原本不敢說的，突然說溜了嘴，「告訴你，人與人之間有一種很特別的關係，會想要對方好、會惦記著對方、會無時無刻想跟對方待在一起，即便什麼話都沒說，心意也會在最簡單的表情與動作中傳遞……」

她說完，立即呆住，覺得自己似乎很失常，居然會說出如此羞恥的話。

「什麼關係？」

「喔……」必安的耳根忽然發燙，解釋道：「是、是老闆跟員工的關係，身爲老闆當然會在意員工的狀況，希望大家能常常待在一塊，才能多賺點錢嘛，而且在忙的時候，我不是指一指垃圾桶，你就會自動去清嗎？大概就是這樣子。」

「那我跟安安眞的是很特別的關係！」

「說得對。」必安雖然笑了，但笑容中摻雜了太多東西。

她知道是自己胡思亂想，傻瓜就是傻瓜沒什麼特別的，可是硬要說沒特別之處又顯得違心，自己明明很喜歡跟大傻相處的感覺，沒有壓力，不用顧忌，想說什麼就說什麼……

即便心中埋藏著這麼龐大的祕密，對著他通通說出來也沒關係。

更難能可貴的是，她是真心喜歡看大傻那抹心滿意足的憨笑，彷彿補充了自己永遠缺乏的部分。

「所有的漢堡都給你吃。」必安摸摸大傻的頭，突然有點捨不得離開。

待在與世隔絕的地下室，其實多住幾天，應該也挺好的，她閃過了這個古怪的念頭，雖然古怪，卻不知道爲什麼有一種甜甜的滋味。

「大結局，這就是我夢寐以求的happy ending！」

一直在注視他們的樂芙，猛力地拍手鼓掌，祝賀必安總算是碰觸到埋藏在最深處的情感了，啪啪啪啪啪的清脆聲響迴盪在陰暗的空間，是那樣的雀躍、是那樣的歡天喜地。

畢竟是不同的世界線，這對依偎在一塊的男女並沒有察覺到有個無法用物理邏輯解釋的存在，掌握著自己的一舉一動……

剎那之間，萬物停頓。

必安與大傻同時凝固不動，唯獨怪異的愛神能夠保持原態。

「喂喂喂，什麼叫作掌握啊？說得人家像個變態似的。」樂芙似笑非笑地揪起左右馬尾，嬌羞地遮住嘴。

地下室的時間戛然而止，可以清楚看見必安的上半身刻意靠過去一點的動作，行至一半停止，而大傻張大嘴準備要吃掉漢堡的瞬間也跟著停止。

樂芙的靈動雙眼正直勾勾地瞧著閱讀這篇故事的讀者，曖昧地眨了眨，像是帶著滿分考卷回家跟爸媽邀功的孩子。

「怎麼樣、怎麼樣？喜歡必安與大傻的故事嗎？」

「相信你跟我一樣早就看膩總是狗血充滿衝突與反轉的橋段了，我特地找了近期最得意之作，來一步一步展示給各位欣賞，過程當中自然能體會到新時代的愛神不僅是呆坐在月老廟聆聽信眾祈求而已，還得主動出擊跨入塵世之中，替一對又一對的善男信女牽起愛的紅線。」

樂芙的驕傲之情幾乎快從文字架構的畫面中溢出，激動得微微張開小嘴喘氣，吐出溫熱又黏稠的氣息。

「像必安與大傻這對，從一開始的陌生到誤解，從相知到相惜，最後悄悄地萌發出愛的嫩芽……他們的經歷雖然平平淡淡，彼此之間也沒有嫉妒、懷疑、意外、衝突，不過獨特的身分差距，還是製造出專屬於他們的相處模式，愛得特別眞誠。」

她的雙手捧在胸前，難爲情地扭動身子，興奮地喋喋不休。

「必安眞的是個好孩子，就算外表老是一副拒人於千里之外的冰山美人樣，說話又是夾槍帶棍凶巴巴的，仍不能阻止心中想被愛的渴望。」

「遺憾的是她有個不妙的童年和離奇的成長經歷，導、導致她除了弟弟之外根本不會相信其他男人，要擁有一個正常的男朋友簡直是痴人說夢……所以說、所以說一般的愛神，根本就不會把她列入考慮……絕對絕對不會的……」

一番話說到後來連尾音都開始顫抖，樂芙終於忍無可忍地轉了一圈，敞開了雙手，彷彿自己站在大型的舞台中央，接受著幾萬粉絲的熱烈歡呼。

臉部的肌肉跟著在抽搐，臉上像是布滿了電視的雜訊，不斷地幻化、抖動而變形，那是眞正發自內心的狂喜，並且依憑這份狂喜，替這段未可知的姻緣，下了一個不可質疑的註解。

「只有我，讓她有了愛。」

「至眞至純的愛啊，哈哈哈哈哈哈哈哈哈哈哈哈哈哈哈！」

樂芙笑得後仰，背部後折接近五十度，直到這口氣延長到極限……再也發不出聲爲止。

她慢慢地站直，身軀回到原本的角度，笑容全部消逝，剩一張冷漠的臉。

「我的時間到了，之後無論發生什麼狀況，請相信我，請務必相信我是這個污濁塵世中唯一追求眞愛的愛神。」

說完了，樂芙回過頭去，面對著一面斑駁的牆。

時間開始流動、空間開始移動……她面對的方向，那堵密閉的牆，走出兩尊神明，宛若兩團神聖的紅色火焰，可以燒盡一切的罪孽與邪惡。

她們來了。

「有的時候會很羨慕妳們身上的獨特神光，紅得純粹，哪像我，半吊子的粉紅色。」樂芙是眞的羨慕。

「跟我們走一趟吧。」

「是的，城隍，呵呵呵。」

她沒有掙扎，行了俏皮的舉手禮，依言乖乖地讓兩位城隍用左右戒護的姿態，徐徐地穿過了那面牆，走出了陰暗的地下室。

樂芙完全沒有即將面對審判的恐慌，神情泰然地哼唱自己最愛的小調，如同過往一遍又一遍……

「愛是恆久忍耐，又有恩慈，愛是不嫉妒，愛是不自誇不張狂，不做害羞的事，不求自己的益處，不輕易發怒，不計算人家的惡，不喜歡不義只喜歡眞理……」

□

樂芙已經記不起有多久沒回天庭。

這道壯闊的玉雕巨門，猶如一座頂著天、踩著地的大山，聳立在同一個地方，亙古不變，屹立不搖。

天庭是神權的來源，世界運作的起點，是辦公室、是行政中心，是皇宮、是天堂，更像是一座發電廠，供給了能源，提供了動能，於是有了光芒。

巨門的底部有許多的副門，各有各的名諱、各有各的職責，可以看見宛若窗口的小門前，各路的神明在排隊準備洽公，不過談的永遠離不開業績跟福報，如果有意外跨界闖入的人，一定會爲這道巨門以及無數的光點感到驚歎，可惜樂芙僅覺得這幅再熟悉不過的畫面，根本就是紅色的、黑色的、金色的、灰色的、粉紅色的螞蟻回巢，上繳自己的勞動成果。

本質上跟塵世中最低等的昆蟲沒什麼兩樣。

比起神的世界，她還比較喜歡塵世。

天庭的一道副門，門扉半黑半白，名爲是非門，號城隍，斷正邪。

眾所皆知，無論哪種神明，都揹負著業績壓力，爲了滿足業績辛勤地工作，以便換取自身的福報，然而神權是一種巨大的力量，足以顛覆塵世的一切邏輯，於是是非門設立特殊神職，讓城隍暗中追捕過度干涉塵世的罪神。

故，神明聞城隍而畏懼，視是非門爲禁區。

兩位羈押樂芙來受審的城隍，外觀看起來跟一般人沒有差異，一名留著藍色長髮，身穿白大褂，很像剛從醫院下班的女醫師，另一名更奇特了，擺明就是個國中少女，清湯掛麵的黑色短髮搞得好像髮禁仍然存在。

她們平常如特務般潛伏於塵世，自然會有各種稀奇古怪的身分。

樂芙跪在門前，依舊是嬉皮笑臉。

「身爲目前可知最古老的愛神……爲什麼會犯這種錯誤？」國中少女從書包拿出兔子圖案的筆記本與兔子造型的鉛筆，像個準備開庭的檢察官。

「兔兔，妳眞的是永遠長不大呢。」

「請稱呼我爲城隍，或是正式的名字『顧菟』。」
「明明叫作兔兔比較可愛。」
顧菟懶得理她了，向是非門朗聲道：「罪神的主要罪行，是濫用愛神神權，導致……」
「我沒有！」樂芙挺起上半身。
「我話都還沒說完。」
「反正我是無辜的。」
「以爲在是非門面前任性耍無賴有用嗎？」
「可是人家眞的什麼都沒有做。」樂芙這神情轉換一如往常快得如川劇變臉，委屈地說：「必安跟大傻是因爲美味的蛋餅才有了巧妙的相遇，從頭到尾我就是個工讀生而已。」
「他們目前的遭遇……妳敢說什麼都沒做？」
「我頂多就是陪他們說說話啊。」
「罪神無須狡辯！」
「我覺得阿爺說的對，城隍就是一群不食人間煙火的傢伙……」

「沒關係，妳的任何無禮，最終都會加諸在妳的頭上。」

面對明顯的威嚇，樂芙不以爲意，輕鬆地坐在地上，揉著發紅的雙膝，像是在團康遊戲中，學姊對著學妹般輕鬆地說話，「如妳所說，我在塵世打滾非常非常久的時間……自然見過非常非常多的人，他們眞的是沒有愛的生物。」

「人有千千萬萬。」

「我知道，但我感受的是趨勢，沒有愛的人越來越多了，擔任宣揚家庭倫理的社團會長，卻在外頭有小三，有著未婚夫的女人積極參與聯誼，希望能在最後的機會中找到更好的對象……唉，我能舉的例子實在太多太多了，可以說上好幾年，如今的社會風氣害我們愛神的工作難度變得很高。」

「世態如此，妳只能更努力，而不是用報復的方式干涉塵世。」

「追根究柢就是現代人的愛，來得快，廉價又速食，去得快，隨心又所欲……我好希望退回兩百、三百年前，當時沒有自由戀愛，但每段感情都很穩定……業績累積得好容易喔。」

「別扯開主題。」顧菟手中之筆一揮。

「喔，然後啊。」樂芙的手指輕搔著下巴，「我不禁開始思考一個很奇特的問題，假設沒有愛，那怎麼又會有愛神？」

「思考後的答案呢？」

「我不會跟菜菜這種小笨蛋一樣，去否決自身存在的價值，我會盡所有的心力去放大愛神的價值，不懂愛，我就教，沒有愛，我就給，既然我有愛神神權自然要全力地施展，才不會辜負了天庭的期待呀。」

「妳說的辜負與我認定的辜負，顯然不同。」

「所以我才會在這裡，嘻嘻。」

顧菟計算著筆記本上的紀錄，內心沒有一絲動搖，擔任城隍已經有段時日，每個來到是非門前的罪神總有一套無辜的說詞與荒唐的歪理，近年來除了著名的財神方士爺之外，其餘的都是罪證確鑿，樂芙不會是例外。

「無窮的廢話並不影響我的判斷，不然這樣吧，罪神有什麼想說的皆可暢所欲言，最後再由我補充。」

「那就太好了。」樂芙很珍視這次的機會，連忙振作精神，調整姿勢端坐，整理服裝儀容，最愛的雙馬尾用手梳順，平滑地放在胸前，「我覺得每一段感情都與鑽石相同，需要挖掘，細細地打磨，最終才能璀璨發亮。」

「嗯，我不否認。」

「爲了能確認這段眞理，我便發明一種愛神的執行方針，叫作樂芙式兩階段眞愛驗證法。」

「有什麼用？」

「可以大幅度降低愛神失誤喔。」樂芙雙眼放光，用興奮的口吻說：「只要通過兩階段驗證的情侶，我保證他們之間再無猜忌與背叛，什麼外遇、什麼騎驢找馬全是過去式了，愛神牽上的紅線會比鋼筋更穩固。」

「如何執行？」

「第一階段，是磨練、是痛苦、是患難見眞情。」她實在忍不住了，愉悅地笑了出來，「唯有最灼人的烈燄能焠出最純實的眞愛，沒經過地獄，怎麼可能上得了天堂！」

「……」

「妳們說是不是？」

「……」

「愛就是需要恆久忍耐，對吧？對吧？」樂芙雙手遮住臉，笑意仍無法抑止，單薄的身軀在顫抖。

「罪神，要控制情緒。」顧菟回過頭，察覺到是非門的氣流流動有異。

「咦？可是我連最有趣的第二階段都沒講欸。」

「……快說吧。」

「無數的鑽石挖掘出來之後，是不是就要開始測量和比較呢？才能挑出最大、最愛的鑽石吧。」

「所以？」

「所以……嗯。」

「所以呢？」

「沒有所以。」

「……」

「我不想再多說了，免得妳們設法破壞掉我的樂趣。」

「……妳應該知道上述整段近乎是犯罪的自白，會導致什麼下場吧？」顧菟越來越參不透愛神的想法。

「是指塵世間又多一段感人肺腑的摯愛？還是我源源不絕的驕傲以及成就感呢？」樂芙的指甲慢慢地刺入自己的臉蛋，只有這樣才能維持淑女的形象，繼續不失態地說：「如果製造愛有錯、淬鍊愛有錯，那我十惡不赦又有何妨？」

「由於妳濫用神權，嚴重地干涉塵世，用殘忍無情的方針，讓無辜的人遭受極端的痛苦，後續的因果線徹底失控，將引爆一連串不幸的悲劇，故……」

「等等，我可沒有為他們綁上紅線喔。」

「我知道。」顧菟淡淡地說。

「啊靠，原來阿爺這招已經行不通啦？哈哈哈。」

「因為妳的紅線是綁了『謝雨琦』、『歸治平』、『楊必穩』、『丁美燦』，我說過，我們調查得一清二楚。」

「哇，真的是欸！」

「這樣的話，想必妳也不需要再辯解。」顧菟闔上筆記本，其實雙眸中還有同情。

「的確，我想說的，都已經做了。」樂芙仔細想了想擔任愛神之後的漫漫歲月……

一直是患得患失的，先不論業績得失，光是紅線能影響信眾一生的力量，就讓她小心翼翼、再三斟酌，可是隨著時光流動，整個大時代都在改變，沒有人會為愛賭上一輩子，也沒有人需要為愛耗盡人生，那股最初成為愛神的動力，早就被磨損得絲毫不剩。

還好認識了一群朋友，使黯淡無光的時間稍塡些色彩……她緩緩地站起身來，沒來由地想念起阿爺、迎春、小茱、老魏，明明彼此不同神職，感情也算不上熱絡，卻因爲一同經歷許多特殊案例，變得格外密切。

「希望老魏……有收到我的消息……」她低下頭，喃喃自語。

沒人在意她最後說了什麼。

是非門一反聒噪的常態，黑白兩色的門扉猛然開啓，裡頭竄出的奇異光線如同有生命的生物，舞動著無限的細長線條，迅速地包覆著樂芙，暴力地一片一片拆掉圍繞她的粉紅色光圈，整個過程幾乎不超過三秒，等到其嬌小的身軀被拖進門，讓一切歸於虛無之中，才會豁然明白這一切都結束了。

刑罰，執行

是非門最終吐出這四個光字，宛若飽食之後所打的嗝。

因果之序皆亂，塵世恐有混濁之危，速召回夏迎春

「是。」顧菟收到指示，跟著同事一同離去。

是非門隨之緊閉，恢復一道門該有的樣貌。

偌大的天庭，擁有諸多的神，少一個或多一個都不影響運作。

樂芙消失，塵世會少掉一名夜間部的學生、一名早餐店店員、一名熱愛動漫的角色扮演者與一名傳聞中的超殘虐愛神。

第2.2章

楊家弟弟

必穩這輩子沒下過廚，就連荷包蛋都沒煎過。

他正在煮一鍋鹹粥。

一下子從什麼都有的窩搬到什麼都沒有的廢棄別墅，本以爲自己會很難受，但是沒有，反而獲得了難得的喜悅與平靜。

他心知肚明，是因爲燦燦。

燦燦如同敗破損毀的可愛娃娃，詭異殘缺的美感，讓人想要細心呵護，不惜代價修補回原貌。

對必穩而言，燦燦是完全沒接觸過，甚至是連想都沒想過的類型，他們一個站在光明烈日，一個活在黑暗深淵，他就是會忍不住好奇，無法控制地想接近位於谷底的她。

漆黑、殘破跟危險又與曖昧產生禁忌的聯結，會對一生都按媽媽、姊姊安排的男人產生獨特的吸引力。

粥滾了，他小心翼翼地用湯匙一勺一勺添進碗中，順便大口大口地吹涼，眉眼之間的得意之情還超過模擬考前三名，畢竟在這原始的郊外，能用瓦斯爐煮出一碗可口的美食並非容易的事。

一想到這，心念一動地察覺到怪異，雖說逃難當然越隱蔽越好沒錯，但這裡也太過隱蔽了吧，樂芙到底是怎麼通勤的？不，到底是怎麼生活下去的？必穩很確定，所認識的年輕少女，包括姊姊，應該都沒辦法在這種地方活超過一週。

斷斷續續的網路訊號，需要手動按壓的地下水泵浦，一不小心就跳掉的柴油發電機，跟毛胚屋沒兩樣的房間，就算是貧民窟，也大概是如此了……

他一邊搖頭、一邊將碗與湯匙端進燦燦的房間，欽佩自己沒有發瘋。

「我、我覺得……我忍不住了……」燦燦無力地躺在彈簧床墊上，虛弱地低吟。

「一定要克服，相信我，妳一定會克服。」必穩的心在抽痛。

燦燦的臉是病態的慘白，單薄的睡衣全濕透了，冷汗一陣一陣地沁出，力氣也隨之不斷流逝，真的很像快壞掉的精雕娃娃，四肢癱軟地倒在那邊。

她的狀況已經持續了幾天，就是標標準準的毒品戒斷症狀，疲憊不堪，夜夜失眠，全身疼痛，心情沮喪，焦慮混亂，尤其是體重直直落下，看起來瘦得像是皮包骨。

「克服不了……我們不是在ＫＴＶ包廂，拿回來了一盒貨嗎？可不可以……給我一點點，不用太多，一點點就好了……」

「不要說這種喪氣話。」必穩蹲在一旁，細心地吹涼鹹粥，柔聲道：「這次的鹹粥一定很好吃，我加了很多營養的食材在裡面，玉米啦、蔬菜啦、碎肉啦都有，妳吃飽了之後，才有力氣繼續堅持下去。」

「人家眞的忍不下去了……」燦燦嘗試滾動身子，嬌弱地掀開睡衣，露出雪白的肚子，以及內衣的下緣，格外魅惑地說：「給我好不好？拜託你……給人家吧。」

「等等涼了我餵妳吃。」

「可是……人家想吃別的……」

燦燦微微地瞇起眼睛，舔舐著嘴唇，媚眼如絲地伸出手，撫摸必穩的下體。

必穩不爲所動，依然端著碗，用湯匙攪拌散熱，無奈地道：「請妳不要這樣。」

「你還在裝什麼？明明就有反應了……只要你幫我，我也會幫你的。」

「吃吧，身體有力氣，狀況就會改善。」

「爲什麼？」

「吃飽就吃飽，哪需要什麼原因。」

「爲什麼要這樣對我？」

「因爲這樣才是眞正的對妳好。」

「……你真的很狠。」燦燦縮回手，放棄色誘，恢復黯淡的模樣，「而且非常固執，沒辦法妥協。」

「我如果夠狠，就應該送妳去醫院，然後直接讓警方接手。」必穩頓了頓，又說：「這種土法煉鋼的戒毒方式，其實對身體不好。」

「你是不是捨不得我？」

「我是……不想看妳變成這樣沒錯。」

「那就給我一點呀……除癮的過程一定是一步一步慢慢減少，你一次就剝奪掉全部，我、我會瘋掉的。」

「妳就算瘋了，我也在，不必擔心。」

「楊必穩，你是不是喜歡我？」燦燦緊緊抓住對方的手腕，張大布滿血絲的雙眸。

「還太燙，我端去外面吹吹風。」必穩輕易就解開對方的手，心疼道：「妳再睡一會，我會順便煮洗澡水，等等妳自己洗個熱水澡，相信狀況會改善。」

「不行、不行……你先別走好不好？我真的已經太多天沒吃了……現在整個腦袋在沸騰，但身體又覺得好冷好冷，太奇怪、太奇怪了……我變得好奇怪……好可怕……」

「如果網路上的資訊正確，妳的毒癮並不算深，只要再忍幾天，目前的煎熬一定會減輕。」

「你陪我啦……不然，聽我說第四任男友的故事。」

「……妳還是多休息吧。」

「說說話可以轉移痛苦啊，難道網路上沒有說戒毒需要親友的陪伴嗎？」

「嗯……也是。」

燦燦翻了一個身，讓自己面朝必穩，即便聲音有氣無力的，精神也不太能夠集中，但她還是悠悠地開口說道：「我的第四任男友，是個男公關，一般印象中，他這種職業的人往往油嘴滑舌，很會騙女孩子……喔，這是眞的，但他騙歸騙，騙不到我，現在想一想，我們都不是善男信女，也許很適合在一起。」

必穩無意義地應了聲，關於她的前男友早就成系列故事了，到後來已經聽不出是眞是假。

「就是他讓我吸毒的……是他帶我進入這個深不見底的世界。」

「他是？」

「藥很貴，我們的收入根本支撐不了，一起存的積蓄很快就會耗盡……眞的很快……我算了算，最多再堅持兩、三個月而已，越想越是害怕，要是藥沒了，我就得赤裸裸地面對痛苦的人生，被迫站在強烈的燈光下，曬得我睜不開眼……肌膚變黑、變乾、變皺，沒辦法，我受不了。」

「妳……還好嗎？」必穩察覺到燦燦的語言邏輯有異，擔憂地摸摸她的額。

「所以我打匿名電話檢舉他……讓他在下班途中被警察抓了，這、這樣子，那筆錢……就能讓我用五、六個月……」燦燦甜甜地笑了。

「什麼？」必穩難以置信，正想詢問是真是假，但屋外傳來急促的引擎聲，在幽靜的山區聽起來特別刺耳。

不對勁。

有陌生人來了。

一開始還以爲是樂芙搭計程車過來，他旋即推翻了原本的推測，不會有司機願意進入如此荒涼的區域，隨後聽見多人進屋的連貫腳步聲，更不可能是樂芙與司機，他反應過來，要尋找武器已經來不及了。

急轉直下的事態，美好的避世生活迎來終點。

六名持棍棒的惡煞不懷好意地進入房間。

必穩挺身而出，守在燦燦的床前，不幸的是手上僅有一個碗、一柄湯匙。

「你難道沒有想過……也許我在黑暗、污濁的深淵底過得很好，根本就不想被救……」背後傳來燦燦的坦白，飄忽且低沉，當真宛若來自深淵。

必穩整張臉逐漸扭曲了。

屋外停的休旅車正是鬼哥前往安穩早餐店時，接到燦燦的求救電話，特地撥來的一隊人馬。

對方人多勢眾，但必穩沒有放棄，尤其是自己還有想守護的人，更無法輕易束手就擒。

然而現實的人生終究是現實的，除非是電影男主角，否則沒有一對多能贏的正常人，幾乎支撐不到一分鐘，就親身體驗了雙拳難敵四掌的真正意義。

他渾身是傷被壓制在骯髒的地板上，只餘眼珠與嘴巴能正常活動，這輩子第一次感受到如此無助……

「鬼哥答應會給我的……」燦燦堆起諂媚的笑顏，沒想到話還沒說完，就被帶頭的惡煞狠狠地賞了一巴掌，嗚的一聲滿嘴都是血。

「不准碰她！」必穩怒喊，奮力地掙扎。

「這個不守婦道的婊子，我會帶回去給鬼哥處置，至於你，鬼哥有說他要親自動手……不對，等等、等等，還有一個女人吧？藏在哪裡？」

「你去死！」

「都搜過了？沒找到嗎？」現場顯然沒有第三個人，帶頭的惡煞有點失望，情緒也變得更加煩躁，對必穩的態度更加輕蔑，「喂，還有一個女人在哪裡？鬼哥明明說是兩女一男，怎麼可以少掉一個。」

「你這種垃圾不得好死！」

「不要浪費大家時間，告訴我，還有一個女的藏在哪裡？」

「有種放開我，我們單挑啊！」

「別說這種幹話了，你要搞清楚，鬼哥是有指示不准動你沒錯，但沒說不可以動這婊子……啊，其實鬼哥根本沒提過這婊子該怎麼處理，估計就是隨便我想要怎樣就怎樣吧。」

「不、准、碰、她！」必穩咬牙切齒。

「喂，你知道是這婊子的癮犯了，偷偷打電話給鬼哥說要回去的吧？這類天生背骨的下賤貨色，你一點都不火大啊？」

果。」

「那又怎樣？是因爲她的狀況不好，才會做出……」

「ＯＫＯＫ，我懂了，你就是完全迷上這婊子，非常好，這樣子揍起來才有效

他說到做到，狠狠地一腳踢在燦燦的小腹上。

猝不及防的劇痛讓燦燦滾落地板，不斷地尖聲號叫，接著頭髮被整把拉起，恐慌的削瘦臉蛋抬上來，立刻承受了四、五拳，在大哭的過程中，眼尾、嘴角漸漸因瘀血腫脹。

她想要求饒，可是喉間的鼻涕、口水混了血液，蓄積一整團，即便開口也不過是無法辨識的濁音。

「住手、住手住手給我住手！」必穩的雙眼紅了，是恨也是悲憐。

「最後問一次，另一個女人在哪裡？」

「操你媽！」

燦燦雖然說不出什麼完整的字句，不過那雙眼睛，勉勉強強地睜開，用著請求的目光，在拜託必穩救救自己。

其實這只是一個眼神，但對於全身緊繃、情緒被逼迫到最極限的必穩來說，燦燦

灰色陰暗無光的眼波已經包含千言萬語，彷彿這段時間相處的點點滴滴全被放進了這個剎那。

「你跟你，去吧，在外面挖個洞，這沒用的婊子埋了，男的帶回去給鬼哥發落。」

「是。」

「等一下……等等……」

「幹嘛？不要妨礙我們工作好嗎？」

「不行……別這樣……她是無辜的，眞的是無辜的……請等一等……」必穩再無半分凶悍，漸漸卑微。

畢竟在現場輪不到他發號施令，燦燦依然像一條死在路邊的小狗，被拖出去屋外，連稍微抵抗的力氣都沒有。

「不是……不要這樣對她……拜託、拜託你們好不好……不要這樣……」

此時的燦燦不過是一塊脆弱的浮萍，無根飄零，任人宰割，她心知肚明，沒有人會救自己……在遭到拖行的過程中，她認命地閉上腫脹的眼睛，不願意再去多看一眼趴在地上的必穩。

這樣的場景，在不算長的人生中已經出現許多次了，慶幸的是，這是最後一次，不幸的是，這是最後一次。

男人都是一個樣，嘴上說著愛護、照顧，但最後愛護的、照顧的，永遠不會是自己。

另一名惡煞抽出一把藍波刀，也跟著出去到屋外，畢竟割喉放血向來是他的工作，否則在活埋的時候對方又吵又鬧，萬一引來旁人的話就得再多挖一個坑了。

「我、我眞的……我……」必穩趴在不潔的地板，半張臉貼在塵土上，張張合合的嘴任由口水與髒水從嘴角流出，凝視燦燦漸漸遠離的雙眼，喪失了過往的英氣，甚至沒有太激烈的情緒，硬要說這裡頭還剩餘什麼的話，恐怕就是痛徹心扉的絕望。

「我姊姊，在地下室……在、在地下室……隔壁的，地下室……」

一條綁在小拇指上的紅線，以人眼不可視的姿態，正在低調地閃爍著粉紅色的光芒。

第2.3章

楊家弟弟

砰！

突兀的撞擊聲貫破寧靜的地下室。

住了幾天，聽過最大的聲響就是腳步聲，何曾出現過如此針對性的撞門。

大傻吃一半的漢堡，手一抖便滾落於地，散成兩半，姿態像個笑筊。

「開門！幹，給我開門，別以爲沒人知道妳躲在裡面！」

砰、砰砰！

必安陷入前所未有的迷惘，這個位置是絕對保密的存在，當初布置的原因就是滅屍人的工作風險太高，需要一個能夠帶弟弟安全脫身的避難之所。

而所謂的風險並不只是警察，就連朋友、員工、司機、老闆也劃分在內，想當然需要絕對保密，根本沒有人知道。

再者，每次進到這個安全屋，一定要繞路再繞路，確認背後沒人跟蹤之後，才小心翼翼、偷偷摸摸地進來。

除非是不小心說出夢話，然後再不小心打出電話，意外透露給某個人，否則不可能有外人知道，她百分之一百地篤定。

「不可能……爲什麼？」她不解，深深地不解。

「安、安安，是不是壞蛋……」大傻想找地方逃，但唯一的出口就是入口。

「妳現在乖乖開門，等等可以少受點皮肉傷，操！聽見沒有？」

砰砰砰、砰！

爲了避免此地無銀三百兩的疑慮，必安一開始就沒想過去改造地下室，盡量維持原先廢棄倉庫的模樣，於是鐵門依然是堪稱爲古董的鐵門，在多人輪番踹擊、衝擊之下，不可能支撐得了多久。

再來，沒有第二個逃生出口，當她意識到這個無情的事實，依舊不解對方爲什麼會找到此，一個不斷重複擴張的問題，複製貼上複製貼上複製貼上，瞬間灌滿必安的腦袋瓜子。

「我知道、弟弟知道……然後……還有……」

砰砰砰！撞門聲接連不斷。

「安安，我們要、要快點逃跑。」大傻急得原地跺腳。

「還有……你知道。」必安恍然大悟，迅雷不及掩耳地揪住大傻的領口，將其狠狠地逼至牆角。

「我？我怎麼了？」

「是你告密的對吧，對吧！」

砰砰砰、砰砰砰！

「我不知道，我什麼都不知道。」

「還記得吧，我曾經說過，只要你敢背叛，我就把你的四肢敲斷，所有關節折斷，整面皮扒掉，將肉跟脂肪一片一片地削下來，然後拿去餵貓餵狗，如果牠們不吃的話，就拿去馬桶沖掉。」

「沒有沒有，我沒聽過。」

「有！一定有，你這團垃圾，居然敢背叛我！」

「我沒有，我不知道，真的不知道。」

砰砰砰、砰砰砰！

「難怪我從頭到尾都覺得很不對勁，你莫名其妙出現在早餐店，死皮賴活趕都趕不走，被我狠狠揍了一次還是不怕，太荒謬了，就算是傻瓜也該逃命的吧，結果沒有，你依然杵在這，乖乖當我的員工，對我百依百順，對我特別特別的好，甚至救了我一命……你說，這中間會沒有鬼嗎？」

「沒有鬼，我、我怕鬼。」

「不要再裝了。」

「我沒有，真的沒有啊！」

「在這種時候了，你還裝傻？」必安搥了他幾下，但比起過去揍人的力道根本是軟弱無力，「快點承認，你馬上給我承認喔！」

稍稍一碰就會裂開的那種軟弱無力。

連大傻都發現她的全身都在顫抖，脆弱得如同即將冰裂的花，彷彿只要輕輕地吹，就會碎成一片一片的。

砰砰砰砰砰、砰砰砰！

「一定是你、一定是你，沒有別人了，我就不應該帶你這種來路不明的傢伙進來。」必安想得越清楚便越激動，「你雖然從頭到尾跟在我身邊，但一定找到一個機會用手機對外聯絡……混帳，馬上把手機給我交出來！」

「沒有手機……手機不會用。」大傻被逼得急，大男孩的白淨臉龐通紅，眼眶泛著淚光。

「騙誰啊你。」

「真的沒有。」

大傻亟需證明自己沒有騙人，馬上脫掉上衣，再脫掉運動長褲，全身只餘一條四角內褲。

沒有猶豫，只要能讓必安信任，他很乾脆地再褪去唯一遮蔽的布料。

「不可、不可能沒有……」必安甩過頭去，那股不斷從體內湧出的戰慄感更濃烈了，幾乎是在抽搐的手，慢慢地取出口袋的手機，顫聲道：「你、你一定是偷用我的手機，對……別以爲刪掉通話紀錄就沒事，我只要查一下易付卡的流量額度……」

她點了點螢幕。

沒有，什麼都沒有。

簡單來說除非大傻有心電感應的能力，否則在這半密閉的地下室中，不可能傳遞消息出去。

既然不是大傻，那就是……那就是……不可能是……不能是……

絕對絕對不可以是！

「能不能拜託你承認一下，好不好？」必安洩掉了所有的氣，突然變得很卑微。

大傻徹底陷入了思維的混亂區域，明明不是自己，可是她卻因此難過，難道背叛者非得是自己，才能緩解她的痛楚嗎？外頭的撞門聲是斷斷續續的，但沒有停止，巨大的聲響宛若每一下都直接撞擊在腦門，他慌亂，失去判斷，不知所措。

砰砰砰砰、砰、砰砰砰砰……

「裡面的，要是鬼哥有個三長兩短，我絕對砍你們的頭，幹！」

外頭眾多惡煞接連爆出許多怨恨的詛咒與狠毒的恐嚇，估計是隔壁早餐店的慘狀太過駭人聽聞，諸多的兄弟不是浴血就是身軀少掉某些部分。

連最重要的鬼哥都失去聯絡，眾人四處探問不出下落，自然會認定自己的老大出事了，鐵門後的女人最有可能是凶手。

於是，沒有善罷甘休的選項，唯有破門救出鬼哥，或者是破門砍死所有人為鬼哥報仇。

而且，必安也清楚，這是必然的結果。

自己與大傻的下場……身為一位滅屍人，是再清楚不過了。

「打、打給……打電話給警察。」

「來不及了，無論做什麼都來不及了。」

「不會來不及，不會。」

大傻沒有放棄，四處繞了一圈，撿一個玻璃瓶在手當作武器。

覺得胸口被整個堵住的必安無力地背靠著牆，雙手抱胸，視線變得模糊，慢慢地沿著牆面滑落，最後跌坐在地上，死死地咬著下唇，讓嘴唇失去任何血色，渾身不甘地顫抖，任由淚珠從眼角墜落，仍倔強地不願意低頭，沒有發出示弱的泣聲。是弟弟說出去的。

但弟弟一定遭遇到嚴重的虐待，被揍得滿身是傷才不得不選擇開口的慘烈局面，所以才說的。

這可以理解、這可以體諒，畢竟弟弟到底是承受多大的壓力，她不清楚。只是她清楚，同時肯定，自己即便是死，也不會說出弟弟現在的位置。

好不甘心，必安第一次覺得如此不甘心，母親過往的教誨一幕一幕在短短的幾秒鐘內不斷回放「弟弟是男人，以後是要繼承我們家的」、「對弟弟吃點虧有什麼關係」、「這雙鞋弟弟不喜歡就給妳吧，女生也能穿」、「如果弟弟有錯，一定是被姊姊影響」、「爲什麼不讓弟弟？」、「弟弟在上學，妳就去賺點錢啊」、「妳那麼笨還想讀書？」、「受傷了不會自己去醫院嗎？我等等要帶妳弟弟去補習」、「沒有事，不要打電話給我」……

太多太多了。

「對不起。」她輕輕地道歉。

「沒、沒關係。」大傻其實不太懂爲什麼她要道歉。

「瓶子放下，過來坐我旁邊。」

「喔，好……不過外面……」

「沒事的。」

「嗯嗯。」

「聽、聽好。」必安拉起大傻的左手，十指緊扣，抱在胸前，淚流滿面地交代，「外頭的壞蛋要找的是我，跟你沒半點關係，等等記得不要抵抗也不要反擊，乖乖地聽從指示。」

砰砰砰、砰砰砰砰砰、砰砰砰砰、砰砰砰！

「是壞蛋的錯，妳不哭、妳不哭……」大傻焦急地抹去必安的淚珠。

「我說過……只要你不背叛我，一定……我一定會好好照顧你的……千萬記得，壞蛋只要我，你是個傻瓜，什麼都不懂，明白嗎……」

大傻猛搖頭道：「不不不，壞蛋很壞，我要保護安安。」

砰砰砰砰砰、砰砰砰砰、砰砰、砰砰、轟、喀碰！

盡責的鐵門支撐了這麼久終於被硬生生地撞開。

必安的心都碎了。

「不用，比起別人，你已經保護我了。」

第1.2章

楊家姊姊

「你確定有辦法堅持嗎？風吹日曬的欸。」

「王大哥，你懷疑我？」

「不、不是啊，這種方式未免太異想天開了吧。」

「用傳統的舊方法一下就被識破了，我不劍走偏鋒，以一種沒人能預料的方式切入，治平的前車之鑑就在前面。」

「有先例嗎？」

「我就是先例。」

「這……爲什麼想找我？」

「因爲你在當地最資深，風評也最好，王大哥必然是最佳人選。」

「別……你一說，我的胃食道逆流都要發作了，這個職務太關鍵、這個任務太離譜，還讓不讓我這種可憐人安穩退休啊？」

「無論如何，我這條命就託付給王大哥。」

「幹，我緊張得快吐，你到底知不知道自己在對付誰？他在這幾年聲名大噪，又無影無蹤，處處都有他的傳聞，卻處處都找不到他的痕跡，面對這種等級的敵人，你年紀輕輕就想玩命嗎？」

「所以，由我找到他。」

「年輕人有滿腔熱血是好事，但……」

「不是的，王大哥，我並不是爲了社會，我沒傻到爲一群不認識的陌生人送命。」

「那爲何？」

「我只是想找回治平，或者，替治平報仇，然後順便替社會摘除毒瘤。」

「……」

「信我的決心。」

「不過……不過你確認切入的點是正確的嗎？」

「是，他們有頻繁的金流往來。」

「親戚之間正常吧，有錢人定期養窮親戚是很正常的事。」

「應該不是，我們發現他給的錢，斷斷續續的，並不穩定，有時候高有時候低，就像是薪水不穩定的SOHO族一樣，很明顯就是有某種程度的交換，如果是單純的救濟，怎麼可能一月份需要這些錢過活，二月份就不需要了，然後三月份又變得需要？」

「我還是覺得很牽強……」

「這已經是我們能找到的唯一破口，其餘的，早在這幾年掩蓋殆盡。」

「當然，你們的能耐的確遠遠超過我們這種小派出所，只是我詳細閱讀過幾次資料，他們都是未成年，牽扯他們進來不會有法律問題嗎？」

「……」

「無論如何，有些底線還是要遵守吧。」

「王大哥，當初治平爲了僞裝自己的身分，放棄從小認識的女友，放下前途無量的職業生涯，刻意混跡於動漫圈，伺機接近他的女兒……爲什麼？因爲我們光是找到他女兒的蹤跡就用掉一年多的時間，要不是碰巧某些因素，他女兒偷偷經營起角色扮演的事業，根本就不可能知道所謂的coser小雨和他有親屬關係。」

「你沒有回答我的質疑。」

「治平成功打進小雨的生活圈，已經取得某種程度上的信任，說不定未來有機會取得黑資料，一口氣扳倒他，找出隱藏於身後的貪贓枉法，這必定是德叔之後最大的案子，結果……沒想到治平就毫無徵兆地消失了，什麼都沒剩下。」

「……」

「我雖然只大治平一屆，但也算是學長，過去執勤時，他救過我一條命，現在一定得由我這個無能的學長去尋他回來，生死不論。」

「唉。」

「可以很清楚地說，在治平消失的那一刻起，我就沒有底線了……但是我會尊重王大哥的底線，等到他們成年才開始動作。」

「既然如此……你願意信賴我這種萬年升不上去的小巡佐，我也願意擔任你在當地的接頭人。」

「萬分感激。」

「只是要冒充一個不存在的人要下許多工夫，尤其你的計畫難度特別高……你眞的準備好過著露宿街頭、有一餐沒一餐的生活嗎？」

「我說過，沒有底線，當然對自己也是一樣。」

「你有心理準備就好，萬老弟，你假使眞能扳倒傳聞中的謝律師……嘖嘖，像這種等級的魔頭，後面必定能連根拔起一大串腐臭的穢物，爲台灣百姓除害。」

「爲了早些習慣，請不要再這樣稱呼我。」

「啊，說的也是，萬一說漏嘴就麻煩大了。」

「謝謝。」

「不過我該稱呼你什麼？」
「叫我大傻。」

《超殘虐愛神》第一集　完

國家圖書館出版品預行編目資料

超殘虐愛神 / 林明亞 著.——初版.——
台北市：蓋亞文化，2021.03
面；　公分.——
ISBN　978-986-319-529-0(第1冊：平裝)

863.57　　109020345

ST022

超殘虐愛神 1

作　　者　林明亞
封面插畫　蚩尤
封面裝幀　莊謹銘
責任編輯　盧琬萱
主　　編　黃致雲
總 編 輯　沈育如
發 行 人　陳常智
出 版 社　蓋亞文化有限公司
地址：台北市103大同區承德路二段75巷35號1樓
電話：02-2558-5438　　傳真：02-2558-5439
電子信箱：gaea@gaeabooks.com.tw
投稿信箱：editor@gaeabooks.com.tw
郵撥帳號 19769541　戶名：蓋亞文化有限公司
法律顧問　宇達經貿法律事務所
總 經 銷　聯合發行股份有限公司
地址：新北市新店區寶橋路二三五巷六弄六號二樓
電話：02-2917-8022　　傳真：02-2915-6275
港澳地區　一代匯集
地址：九龍旺角塘尾道64號龍駒企業大廈10樓B&D室
電話：+852-2783-8102　　傳真：+852-2396-0050
初版一刷　2021年3月
定　　價　新台幣 250 元
Published and printed in Taiwan

GAEA
ISBN 978-986-319-529-0

Gaea

Gaea